Heinz-Josef van Ool

und als es darauf ankam, schwieg Gott

Verlag:
BoD · Books on Demand GmbH,
Überseering 33, 22297 Hamburg,
bod@bod.de
Druck:
Libri Plureos GmbH,
Friedensallee 273, 22763 Hamburg
ISBN: 978-3-8192-0837-9

Heinz-Josef van Ool

Und als es darauf ankam, schwieg Gott

Roman

**Auf meinem Bett
in den Nächten suchte ich sie,
die ich liebe wie mein Leben.
Ich suchte sie
doch ich fand sie nicht.
Ich will aufstehen,
will herumgehen in der Stadt,
in Straßen,
auf Plätzen
suchen will ich sie,
die ich wie mein Leben liebe.**

(nach dem Lied der Lieder (Hld 3,1-2))

1.   Der Flug

Ich hatte den Gurt festgeschnallt. und lehnte mich zurück. Dabei versuchte ich mich so schmal wie nur möglich zu machen. Natürlich hatte ich wieder einmal die Arschkarte gezogen bei diesem Flug LH 1487 nach Tel Aviv.

Der mittlere Sitz in der mittleren Reihe.

Der ältere Mann links neben mir kämpfte immer noch damit, den Gurtteil zu finden, auf dem er saß. Ich hätte ihm helfen können. Aber meine Hilfsbereitschaft und Nächstenliebe hatte ich wohl bei der Passkontrolle abgegeben.

Rechts neben mir saß eine Frau, die schon bald sämtliche Informationsbroschüren aus der Vortasche vor sich genommen hatte und hektisch durchsah. Wobei ihr linker Ellenbogen immer bedrohlich nah in meine Rippengegend zielte.

Nein, wirklich kein angenehmes Gefühl hier so eingepfercht zu sitzen. Und das noch mindestens drei Stunden und zwanzig Minuten. Wenn ich schon daran dachte, musste ich ein panisches Gefühl von Platzangst mit Gewalt überwinden. Am besten war es, nicht darüber nachzugrübeln und sich so bequem wie möglich einzurichten. Also rückte ich mich möglichst so zurecht im Sitz, dass mir das lange Sitzen nicht

irgendwelche Beschwerden verursachen könnte.

Leider war das gar nicht so einfach.

Und dann tauchte in meinem Innern irgendwie wieder die Frage auf, die ich mir heute Morgen im Taxi zum Flughafen schon gestellt hatte:

„Was machst du hier eigentlich?"

Ich war mir gar nicht sicher, ob die Idee dieser Reise nur eine Folge der Überzeugungskraft meiner Psychotherapeutin war oder ob ich mich hatte fallen lassen wollen in einen Teil meiner Vergangenheit, um dort die wieder zu finden, die dieses immens große schwarze Loch in mir hinterlassen hatte.

Wie hatte die Psychotherapeutin gesagt:

„Sie müssen die Trauer an sich ranlassen, sie ausleben!"

und

„Gehen Sie doch noch einmal zurück an die An-fänge und versuchen Sie dort ihre wahre Haut wieder zu finden!"

Meine wahre Haut!

Meine wahre Haut war vor acht Monaten bei der Geburt unserer Tochter gestorben.

Katharina war tot!

Meine Tochter ebenfalls.

Was sollte ich also mit einer wahren Haut?

Und, bitte schön, was sollte das überhaupt sein?

Das Gefühl der Kälte, das dieser Tod hinterlassen hatte, war kein Problem meiner Haut. Es kam von innen. Immer wieder. Selbst eine heiße Dusche oder ein heißes Wannenbad konnten diese Kälte nicht ganz vertreiben. Dieser Verlust hatte mich bis ins Mark getroffen und total verrückte Dinge tun lassen.

Und warum sollte ich an den Ort zurück, wo meine Liebe zu Katharina ihren Ursprung genommen hatte? Warum zurück an den Punkt, an dem ich so seltsame Visionen und Begegnungen hatte?

Angeblich war ich sogar Gott begegnet! Derselbe Gott, der sich seit damals nicht mehr hatte sehen lassen.

Und schlimmer noch.

Er hatte zugelassen, dass das, was die letzten zehn Jahre mein Lebensinhalt gewesen war, einfach starb.

Katharina!

Und unser Kind hatte sogar niemals eine Chance bekommen.

Ich merkte, dass ich das Stimmengewirr und das Rauschen der Klimaanlage um mich herum nicht mehr hörte. Ich war wieder bei diesem Arzt in seinem Zimmer, erinnerte mich deutlich an seinem Leberfleck direkt neben der Nase, an seine Grabesstimme mit der er mir erklärte, was zum Tode meiner Familie geführt hatte. Und das da nichts mehr zu retten gewesen wäre.

Und ich hörte ihm einfach nicht mehr zu.

Ich konnte mich nicht auf ihn konzentrieren, weil mich ein tiefer, nie empfundener Schmerz lähmte.

Katharina war tot!

Meine Tochter tot!

Tot!

Das war das Einzige, was sich in mir ständig wiederholte. Man könnte sagen, ich war starr vor Entsetzen. Und diese Starrheit blieb.

Mir war auch jetzt, hier im Flieger, wieder so nach einem vielleicht befreienden Weinen zu Mute, aber es kamen keine Tränen.

Bei der Beerdigungsfeier nicht.

Bei den Beileidskundgebungen am Grab nicht.

Bei den vielen kleinen Verrichtungen in meiner Wohnung nicht.

Auch nicht nach einer Woche, in der ich mich hatte beurlauben lassen, um mich eigentlich meiner Trauer hinzugeben. Es gab so viel zu regeln, aufzuräumen, auszuräumen, neu zu organisieren.

Und die ganze Zeit lebte ich in dieser Starrheit, ließ nichts an mich ran.

Im Nachhinein gesehen, muss ich meinen Freunden und Bekannten dankbar sein, die mich nicht bemitleideten, sondern mir durch ihre praktische Hilfe einen Halt boten. Sie luden mich zu sich ein, gingen mit mir aus essen und sie redeten ganz normal mit mir. Sie kamen, um zu helfen. Sie kamen, um meinen Verlust mit mir zu teilen. Vielleicht wollten sie auch mit mir trauern. Aber dazu war ich, glaub ich, gar nicht fähig und bereit.

Beim Aussortieren all der Sachen und Dinge, die Katharina gehörten, musste ich entscheiden, was damit geschehen sollte. Auch dabei halfen mir meine, nein, eigentlich unsere Freunde.

Und dann entdeckte ich in unserem Bücherschrank noch neun Exemplare meines Romans.

Meine Starrheit löste sich und wich einer nicht gekannten Wut und Enttäuschung.

Nach den Erlebnissen einer Israelreise vor zehn

Jahren zusammen mit Katharina war dieser Roman entstanden. Einer besonderen Reise, von der ich bis heute nicht weiß, ob ich nicht vieles, was ich damals erlebt habe, einfach nur geträumt hatte. Wie viel gemeinsame Erinnerungen von Katharina und mir steckten aber darin?

Dieser Roman war ein „Deal" mit JHWH gewesen, um meinen Teil daran zu leisten, der Welt vor Augen zu führen, dass es immer noch Propheten gibt, Propheten wie einen Amos.

Das Ergebnis meines Romans war mehr als niederschmetternd. Total enttäuschend. Kein Verlag interessierte sich dafür. Und als ich das Manuskript schließlich als Book on Demand veröffentlichte, wollte es niemand kaufen.

Zuerst hatte ich mich noch mächtig ins Zeug gelegt, hatte für meinen Roman geworben, Lesungen veranstaltet und in Tageszeitungen dafür werben lassen. Alles, um Amos und seinen Anspruch einem breiten Publikum bekannt werden zu lassen. Katharina hatte mich dabei voll unterstützt, aber mich zuletzt auch nur noch trösten können, weil mein Buch so wenige Interesse fand.

Und JHWH?

Der Initiator des Ganzen hatte sich stillschweigend in seine Himmel verzogen.

Nach und nach waren die Erinnerungen an die Israelreise von vor zehn Jahren, die sich in meinem Roman niedergeschlagen hatten, verblasst. Und das war auch gut so. Sie reduzierten sich auf das Wissen, dass Katharina und ich uns auf dieser Reise kennen, ja und auch lieben gelernt hatten. Alles andere drum herum, war nur noch ein ferner Traum, eine Illusion, und nicht mehr wichtig.

Ich hatte die neun restlichen Romanexemplare aus dem Schrank genommen. Ein Exemplar hatte ich aufgeschlagen, rein aus Nostalgie. Und ich erwischte gerade die Stelle, an der ich mir – damals in der Zeit des Amos also zirka 900 v.Chr. – als Zeichen der Trauer um den Tod von Abjatar, dem Vater von Amos, mit Wasser vermischte Asche über den Kopf geschüttet und mir mit einem Messer, auf Oberarme und Brust, Schnitte beigebracht hatte.

Ich las die Stelle zweimal. Auch dass ich damals von diesem „Gottesmann" dafür gerügt worden war, solche heidnischen Bräuche als Zeichen der Trauer zu vollziehen.

Dass ich gerade diese Stelle meines Buches zu genau diesem Zeitpunkt aufgeschlagen hatte, betrachtete ich als ein Zeichen.

Im Übrigen, glaube ich, konnte ich überhaupt nicht mehr rational denken, weil ich sogleich mit den neun Exemplaren meines Romans auf den Balkon hinaustrat und sie begann in dem Grill, der dort stand, zu verbrennen.

Es war ein anderes Ich, das die Asche mit Wasser vermischte und über das Haar auf dem Kopf, über Gesicht, Brust und Arme verteilte. Und dann brachte ich mir mit einer Rasierklinge auf Brust und Arme auch diese kleine Schnittwunden bei, wie damals in meinem Roman. Blut vermischte sich mit Wasser und Asche. Und ich saß da und spürte wie nur meine Wut nachließ, merkte wie mir plötzlich die Tränen rannen. Und ich endlich weinte.

Eine Nachbarin fand mich so.

Ihr war der starke Rauch aufgefallen, der bis in ihre Wohnung zog. Sie hatte geklingelt und geklopft. Dann hatte sie aus Sorge oder Neugier den Ersatzschlüssel für unsere Wohnung geholt, den Katharina bei ihr für Notfälle deponiert hatte. Sie war total erschrocken wie sie mich vorfand und hatte auf mich eingeredet, mir Fragen gestellt; doch ich hatte nicht reagiert.

Schließlich rief sie den Notarzt, erklärte ihm, dass ich erst kürzlich meine Familie verloren hatte und wohl verwirrt wäre und ganz schön durcheinander. Der Arzt stellte keine bedrohlichen Dinge an mir fest, klebte mir ein paar Pflaster auf die Brust und riet mir nur eindringlich, psychologische Hilfe in Anspruch zu nehmen.

Soweit zu meinem ersten Ausraster.

Eine Stewardess hatte sich mittlerweile um das Gurtproblem meines linken Nachbarn gekümmert. Jetzt versuchte er den Gurt etwas lockerer zu machen, wobei der ihm immer wieder aufging.

Die Turbinen erhöhten ihre Lautstärke und mit einem leisen Ruckeln begann sich die Maschine zu bewegen. Erst rückwärts und dann langsam vorwärts. Ich konnte querab zu meiner Rechten durch ein Fenster einen Blick nach draußen erhaschen und sehen, wie die Gebäude des Flughafens dort sich bewegten. Und während der Airbus gemächlich über das Rollfeld in die Startposition rollte, wusste ich immer noch nicht, ob ich mich auf diese Reise nach Israel freuen sollte oder nicht.

Wie hatte meine Psychotherapeutin gemeint:

„Ich glaube, Sie müssen noch einmal dahin. Sie müssen sich von Ihren Träumen von damals verabschieden, und zwar an Ort und Stelle.

Lernen Sie vor Ort die Realität des Israels von heute kennen, so wie es wirklich ist. Und lernen Sie dadurch in ihre eigene Realität zurückzufinden."

Dann sollte ich ihr Orte nennen, an die ich mich besonders stark erinnerte. Und ich überlegte und schwieg. Alle Orte meiner damaligen Reise standen nur in Verbindung mit dem Propheten Amos. Und natürlich mit Katharina.

Das Wadi Tekoa etwa, oder die Annenkirche in Jerusalem. Arad und die Überreste des dortigen Allerheiligsten in den freigelegten Ruinen des Tempelbezirks.

Und noch einmal meine Psychotherapeutin:

„Denken Sie daran, dass Sie jetzt dorthin fahren, um in Ihre Normalität zurückzufinden. Versuchen Sie zu verstehen, wie geht es dem Land, den Menschen, heute und jetzt!"

Sie hatte gut reden, meine Psychotante, wie ich sie insgeheim nannte, obwohl ich mächtig Respekt vor ihr hatte.

„Überlegen Sie mal, was würde das heutige Israel für Sie interessant machen?"

Was zog mich also nach Israel?

Die Negevwüste?

Die Wüste, die Leere überhaupt?

Masada oder En Gedi?

Vielleicht Jesu Spuren in Galiläa?

Tabgha oder Karfarnaum am See Genesaret?

Gott in Jerusalem?

Ich wusste es nicht. Vielleicht von allem etwas. Und doch war dieser Drang in mir gewesen, nach Israel zu fahren. So, als würde mich da etwas besonderes erwarten.

Mit lauter werdenden Turbinen raste das Flugzeug jetzt über die Startbahn.

Ich legte mich zurück und schloss die Augen.

Und dann merkte ich es.

Das Donnern der Räder auf dem Asphalt ließ schlagartig nach und mit angehaltenem Atem verfolgte ich den Übergang ins Schweben. Als dann das Fahrwerk mit einem surrenden Geräusch eingefahren wurde, holte ich ganz tief Luft. Dieser Übergang beim Durchstarten eines Flugzeugs war schon immer für mich ein besonderer Kick gewesen. Ein Moment, der mich ängstigte, aber genauso stark faszinierte.

Die Frau zu meiner Rechten hatte jetzt einen Reiseführer in der Hand. Kurze, bunte Reiter markierten Stellen über Orte, die sie wohl mit ihrer Reisegruppe besuchen würde. Sie unterhielt sich über den Gang hinweg in schwäbi-

17

scher Mundart mit anderen Frauen aus ihrer Gruppe über die Sehenswürdigkeiten, die sie bald erkunden wollten.

Kurze Zeit später begrüßte uns der Pilot und die beiden Bildschirme ein paar Reihen vor mir erwachten zum Leben. Auf ihnen erschien eine Landkarte und ich konnte Österreich erkennen und die Slowakei, die nördliche Adria bis hin zu einem Teil von Griechenland. Ein kleines Flugzeug ruckelte los und drehte seine Nase in Richtung Süden.

Dann verschwand die Landkarte und es erschienen Zahlen über Geschwindigkeit, Außentemperatur und Flughöhe. Die erschreckendste Zahl war die Flugdauer. Noch über 3 Stunden bis zur Landung. Ich hatte das Gefühl, ich war jetzt schon müde gesessen.

Mir fiel mein zweiter Ausraster ein. Nur ein paar Tage nach meiner Buchverbrennungsaktion auf dem Balkon war das passiert.

Auch da war ich müde vom Sitzen. Die Besprechung im Büro dauerte und dauerte. Alles Wichtige war schon mehrmals durchgesprochen worden und ich konnte, wie gesagt, kaum noch ruhig sitzen.

Nach der Auszeit von einer Woche, die der Beerdigung von Katharina folgte, hatte ich mich wieder in meine Arbeit gestürzt. Sie lenkte mich ab. Meistens war ich der Erste morgens im Büro und der Letzte, der abends ging. Vor dem Alleinsein zuhause, wo mich so vieles noch an Katharina erinnerte, hatte ich Angst. Da tat es gut, mich den ganzen Tag im Büro mit Vergaben von Aufträgen und kniffligen Verträgen zu befassen.

Dann dachte ich zumindest an nichts anderes.

Meine Kolleginnen und Kollegen waren durch die Bank sehr einfühlsam mit mir umgegangen. Trotzdem war der lockere Umgangston nicht mehr da. Ich vermied es meistens auch, mich an privaten Gesprächen zu beteiligen.

Als nun diese Besprechung sich immer weiter in die Länge zog und kein Ende in Sicht schien, wies ich ziemlich übellaunig, wie ich gestehen muss, die anderen daraufhin, dass es schon spät sei und eigentlich ja auch alles gesagt wäre. Als ein Kollege mir darauf zur Antwort gab, warum ich so ungeduldig sei, es warte doch zuhause niemand mehr auf mich, stürzte ich mich voller Wut auf ihn.

Ich hätte ihn wahrscheinlich geschlagen, wenn ich nicht von der Kollegin neben mir festgehalten worden wäre.

Sie beruhigte mich auch.

Unser Chef saß nur fassungslos dabei. Dann hob er die Besprechung auf und bat alle zu gehen. Nur ich sollte noch bleiben.

In seiner ziemlich umständlichen und weitschweifigen Art eröffnete er mir dann, dass das so nicht ginge und ich unbedingt professionelle Hilfe in Anspruch nehmen sollte.

Natürlich hätte er Verständnis für meine Situation, aber…..

Und so machte ich dann einen Termin mit einer Psychotherapeutin und hatte das unverschämte Glück gleich jemand zu finden, der eine nicht zu lange Warteliste hatte.

Mit einem Gong erlosch das Zeichen „fasten seat belt".

Mein Nachbar zur Linken öffnete augenblicklich seinen Gurt, stand auf und holte sich aus der Klappe über unseren Köpfen eine Zeitschrift.

Im Mittelteil des Flugzeugs begann das Bordpersonal mit der Vorbereitung Getränke und Bordverpflegung zu verteilen. Hier und da erhoben sich die ersten Passagiere, um die Toiletten zu belagern.

Ich tastete zwischen meinen Füßen nach meinem Rucksack.

In einem Kiosk im Flughafengebäude hatte ich

in den zahlreichen Bücherständern gestöbert. Zwischen Krimis, Science Fiktion und Thrillern aller Art war mir ein Buch in einem goldglänzenden Einband aufgefallen. Ein Taschenbuch. Der Einband war über und über mit hebräischen Buchstaben bedruckt und auf der Vorderseite war ein aufgeschlagenes Buch abgebildet.

Der Titel hieß: „Bibel mit Hintergrund".

Katharina hatte es immer schon geliebt, mir zu Texten aus der Bibel ganz spannende Hintergrundgeschichten zu erzählen. Vielleicht war es die Erinnerung daran, die mich dazu bewog, gerade dieses Buch zu kaufen.

Zumindest konnte ich die restlichen knapp drei Stunden Flugzeit mit dieser Lektüre verkürzen.

Ich schlug das Buch auf und begann zu lesen:

Nach einer Einleitung, die sich vielversprechend las, blätterte ich um zum ersten Kapitel und da Stand:

„Amos - der Prophet, der sich traut!"

Peng!

Ich klappte das Buch heftig zu.

Dann lehnte ich den Kopf nach hinten an die Kopfstütze und starrte auf das kleine Flugzeug auf dem Bildschirm, dass in Richtung Süden zuckte.

Amos!

Das durfte nicht wahr sein.

Nicht schon wieder.

Mir schien es so als sollte mich dieser Prophet wohl mein Leben lang verfolgen. Fehlte jetzt nur noch, das auch JHWH sich so mir nichts, dir nichts wieder einmal bei mir meldete.

Meine Nachbarin fragte mich besorgt, ob es mir gut ginge?

Ich nickte nur.

Amos!

Bilder stiegen in mir hoch, die ich längst abgehackt hatte. Bilder, die ich in eine vergangene Fantasiewelt abgeschoben hatte.

Amos.

Damals, als ich mit Katharina in Israel war, hatte er die Reise beherrscht.

Und natürlich Gott, mit seiner unmöglichen Forderung, dass ich – ausgerechnet ich – in die Fußstapfen eines zweieinhalbtausend Jahre alten Propheten treten sollte.

Ich hatte meinen Part dazu erfüllt, hatte das Buch geschrieben.

Warum hielt Gott sich jetzt nicht an diesen

„Deal"?

Sechs Wochen nach der Beerdigung hatte ich erst den Mut gehabt auf den Friedhof zu gehen. Ein paar Meter neben dem Grab Katharinas stand eine Bank. Ich hatte mich dort hingesetzt und versucht ihr meine Gefühle, meine Stimmung, meine Sehnsucht mitzuteilen. Aber da war eine Blockade in mir gewesen. So hatte ich nur stumm da gesessen.

Aber am gleichen Abend war ich auf den Balkon getreten, einfach um zu sehen, wie das Wetter war. Als ich in den Sternenhimmel hinauf schaute, konnte ich mir Katharina plötzlich da oben vorstellen.

Da, irgendeiner der leuchtenden, funkelnden Punkte, das war sie.

Und ich konnte mit ihr reden.

Dann versuchte ich mir auszumalen, wie viele Lichtjahre ihr Licht brauchen würde, um mich zu erreichen, wie groß das Universum war, wie viele Sonnensysteme es wohl geben würde und wie unendlich das alles war.

Und außerdem wuchs das Ganze immer noch weiter und weiter in Gigantische, ins Unvorstellbare.

Und dann fragte ich mich: „Worin?"

In was für ein endloses Etwas wuchs dieses Universum hinein. War dieser riesige, nicht an das Ende reichende Raum in dem das Universum wuchs und wuchs und wuchs vielleicht Gott? Wenn dem so war, was kümmerte ihn dann das Staubkorn Erde?

Und erst recht so ein kleines winziges menschliches Wesen?

Nein, Amos und seine Episoden, die ich erlebt hatte, mussten Fantasien sein. Und die Gottesbegegnungen erst recht.

Das einzig Reale an dieser vergangenen Israelreise damals war Katharina gewesen. Und auch die war jetzt nur noch ein Traum.

Als die Stewardess mich fragte, was ich gerne trinken wollte, bestellte ich mir einen Rotwein. Dann beschloss ich hier und jetzt, mich von Amos nicht mehr in irgendeiner Weise irritieren zu lassen und im Buch weiter zu lesen. Vielleicht war das mit Amos ja doch ein dummer Zufall. Schließlich hatte sich der Anfang im Buch auch vielversprechend angefühlt.

Ich war so in meiner Lektüre versunken gewesen, dass ich erst durch ein leichtes Anstoßen meines Nachbarn darauf aufmerksam wurde, es gab Bordverpflegung.

Ich wählte Lammfleisch mit Reis.

Mit dem Aufklappen des kleinen Tisches vor mir, begann die eine qualvolle Enge. Das Auspacken der Einzelteile – Besteck, Salat, Dressing, Hauptmenü etc.- ging ja noch. Aber dann hatte ich kaum Platz die Gabel zum Mund zu führen. Jeder Bissen wurde zu einem Balanceakt.

Und dabei hatte ich richtig Hunger.

Vorsichtig aß ich Gabel für Gabel des sehr schmackhaften Gerichtes. Einerseits wollte ich meine beiden Nachbarn nicht behindern, andererseits versuchte ich möglichst wenig mein Hemd zu treffen. Beim Essen zu lesen, was ich zuhause eigentlich immer gerne tat, war hier ganz und gar unmöglich.

Im Geiste hakte ich dafür einen Pluspunkt meiner Katharina an, die schon immer dagegen war, beim Essen zu lesen. Sie sagte immer, entweder das eine oder das andere. Und wenn ich dann resignierend das Buch zur Seite legte, lächelte sie mich an und meinte, das wäre für meinen Magen bestimmt eine gute Entscheidung, wenn ich ihn beim Essen ernst nehmen würde. In Gedanken daran, musste ich jetzt auch lächeln und fühlte mich ihr nicht nur wegen der Flughöhe in diesem Moment ziemlich nahe.

Der Kaffee, der mir dann serviert wurde, hatte den Geschmack von verbranntem Wasser.

Wenigstens war das Lammfleisch gut gewesen.

Als ich mit der üppigen Mahlzeit fertig war, war ich aufgrund der Beengtheit zum einen nass geschwitzt, anderseits aber auch stolz, das Essen-Intermezzo ohne irgendwelche Kleckserei beendet zu haben.

Und als mich eine Stewardess endlich von dem Tablett befreit hatte, konnte ich mich wieder in die spannende Lektüre der Bibelkritik stürzen.

Ich war jetzt tatsächlich sogar neugierig, was der Autor zum Thema „Amos" bringen würde.

Nach einiger Zeit merkte ich, dass ich völlig steif gesessen war und legte erst einmal das Buch vor mir auf den ausgeklappten Tisch, um mich im Rahmen meiner beengten Möglichkeiten noch einmal anders zurecht zu rücken.

Erinnerungsfetzen tauchten auf.

Seit einem Jahrzehnt waren sie nicht mehr so stark wie gerade jetzt.

Ich sah vor meinem geistigen Auge König Jerobeam auf seinem Thronsessel im Tor von Samaria. Ich sah seine Höflinge, seine Leibwache, die versuchten den Störenfried da oben auf der Stadtmauer auszumachen.

Und ich sah wieder Amos vor mir, wie erschöpft er war, als wir ihn zu den Zelten vor der Stadt zurückbrachten.

So viele Erinnerungen; oder so viele Träume, Illusionen.

Auf dem Bildschirm schräg oben vor mir ruckelte das kleine Flugzeug immer weiter in Richtung Süden. Dann erschienen wieder Zahlen. Noch fast eine ¾ Stunde bis zur Landung. Langsam entwickelte sich in mir so etwas wie Vorfreude.

Einige Orte würde ich wiedersehen, andere Orte neu entdecken müssen.

Ganz schwach tauchte in meiner Erinnerung ein Hotelzimmer auf. Ich konnte mir wieder die Einrichtung vorstellen und das Bett, in dem Katharina und ich uns zum ersten Mal geliebt hatten. Plötzlich hatte ich das Gefühl, dass diese Israelreise eine Suche werden würde. Eine Suche vielleicht nach meinem eigenen Ich. Nach meinem restlichen oder eigentlichen Ich.

„Nach meiner wahren Haut!", wie meine Psychotherapeutin es ausgedrückt hatte.

Ich begann zu begreifen, dass es wichtig war, mich auf Land und Leute, profane und heilige Orte einzulassen. Und keinesfalls mich in Erinnerungen zu vergraben. Erst recht nicht auf irgendetwas Göttliches zu hoffen oder zu warten.

Ich nahm meine Kopfhörer aus der Brusttasche und klinkte sie in mein Smartphone ein. Zuhause hatte ich mir Musik darauf gespielt, die mich zeitlose entführen sollte. Jetzt hatte ich das Gefühl, dass ich diese Musik unbedingt brauchte.

Als die ersten Töne erklangen und meine ganze Umwelt rechts und links ausschlossen, spürte ich auch wieder mehr das Schweben des Flugzeuges unter mir und die leichten Turbulenzen, die es erschütterten.

Ich öffnete erneut das Buch, um vor der Landung den Rest des Kapitels noch zu lesen.

Puh, und dann war das Kapitel dieses Buches zu Ende.

Ich stellte die Musik ab und als ich die Kopfhörer abnahm, bekam ich erst mit, dass das Zeichen zum Anschnallen wieder aufgeleuchtet war. Gleichzeitig schien die Maschine abzusacken und tiefer zu gehen. Auf dem Bildschirm wurden die letzten zehn Minuten Flugzeit angezeigt. Und die Angabe der verbleibenden Höhe signalisierte den stetigen Sinkflug Richtung Flughafen Tel Aviv.

Mit leichtem Bedauern packte ich mein Buch wieder in den Rucksack.

Es war für mich höchst interessant gewesen in die verschiedenen Richtungen der Bibelkritik einzutauchen. Dann auch noch an einem Beispiel aus dem Buch des Propheten Amos. Dies war für mich irgendwie ein positives Signal.

Mein inneres Barometer schien langsam in Richtung „schön" auszuschlagen.

Das nächste Kapitel in dem Buch war mit dem Titel: „Das Paradies, ein Mythos?" überschrieben. Gerne hätte ich jetzt weitergelesen, aber vor mir lag noch eine Hürde, die da hieß: Geldautomat.

Bei der Vorbereitung zu dieser Reise hatte es geheißen, dass es am günstigsten sei, in Tel Aviv – was übrigens „Hügel des Frühlings" übersetzt bedeutet – am Flughafen, an einem Geldautomaten sich mit den nötigen Bargeldreserven für die erste Woche auszustatten.

Das war also nach Passkontrolle und Gepäck abholen die nächste wichtige Etappe.

Plötzlich fiel mir auf, wie schnell die Zeit von 3 ¾ Stunden vergangen war.

Sozusagen im Fluge – um ein Wortspiel zu gebrauchen.

Und dann ging alles auch ziemlich schnell.

Als die Maschine aufsetzte und ausrollte, begannen die Leute zu applaudieren.

Das habe ich nie verstanden, warum?

Vielleicht aus Erleichterung darüber, dass der Pilot sie heil auf den Erdboden zurückgebracht hatte?

Als ich endlich aus dem Sitz mich hochgehievt hatte, fühlte ich mich stocksteif. Alle Muskeln schienen auf Dauerschlaf umgeschaltet und die ersten Schritte waren elastisch wie bei einem Elefanten.

Ich folgte dem Strom der Passagiere und versuchte den ein oder anderen aus meiner Reisegruppe im Auge zu behalten. Kaum am Gepäckband konnte ich schon meinen Koffer ausmachen.

Und wieder reihte ich mich in den Strom derer ein, die zur Passkontrolle eilten. Dort hieß er dann erst einmal wieder Schlange stehen. Zwölf Schalter gab es, sechs waren geöffnet, davon vier für einreisende Israelis und nur zwei für die Riesenmenge an Touristen, die zu diesem Zeitpunkt gelandet waren.

Endlich war auch ich an der Reihe.

Nachdem ich den Pass abgegeben hatte und mit einem eindringlichen Blick gemustert worden war, passierte erst einmal nichts. Nach unendlich langer Zeit wurde mir dann ein Stempel in den Pass gedrückt, ich bekam ihn zurück, nicht ohne vorher noch einmal gemustert worden zu sein und durfte in die riesige Ankunftshalle entschwinden.

Meine Reisegruppe, jedenfalls die, die es bis hierher schon geschafft hatten, entdeckte ich in unmittelbarer Nähe der Geldautomaten.

Ich ließ meinen Koffer in der Obhut der Reisegruppe und reihte mich in die nächste Schlange vor einem dieser Automaten ein. Dabei hatte ich doch tatsächlich einmal die Schlange erwischt, die zügig vorrückte.

Und als ich dann ziemlich nervös davor stand, teilte mir dieser dumme Automat mit, dass meine Bankkarte international nicht zugelassen wäre.

Verdammte hacke, dachte ich nur. Schönen Dank, liebe Bank!

Gottseidank hatte ich mir gestern noch die PIN-Nummer meiner Kreditkarte rausgesucht und gemerkt.

Zweiter Versuch mit der Kreditkarte.

Treffer!

Nach Eingabe der PIN-Nummer und Bestätigung hatte ich meinen gewünschten Schekelbetrag in der Hand. Der Stein, der mir vom Herzen fiel, glich schon einem mittelschweren Felsbrocken.

Ich dachte an Katharina.

Sie hatte mir immer gesagt, man sollte für alles einen Plan B sich überlegen. Das war mir gestern wieder eingefallen, nach dem ich alles Wichtige für die Reise noch einmal durchgecheckt hatte. Erst da war mir eingefallen, mich um meine PIN-Nummer auch für die Kreditkarte zu kümmern. Es könnte ja sein! Und es war so passiert, wie befürchtet.

Die Erleichterung war jetzt total. Nicht auszudenken, wenn ich hier erst einmal ohne Bares gestanden hätte.

Ich löste bei der Reisegruppe meinen Koffer aus und teilte der Reiseleitung mit, dass ich jetzt schon einmal ganz schnell in Richtung Busparkplatz wäre.

Und dann stand ich draußen, zündete nach mehr als sechs Stunden meine erste Zigarette an, inhalierte tief und spürte auf einmal: ich war in Israel!

Bei vier Grad und grauem, trüben Februarwetter zuhause gestartet, war es hier sonnig, wesentlich wärmer und auch eine ganz andere Luft. Ja, ganz anders als bei einem niederrheinischen Wintertag hatte ich hier direkt das Gefühl von Frühling. Die Palmen am Rande des Parkplatzes taten ihr Übriges dazu.

Im Bus erwischte ich die letzte Bank ganz hinten und ganz für mich allein.

Und dann ging es los.

Nachdem wir Tel Aviv mit seinen Wolkenkratzern verlassen hatten, stellte sich unsere israelische Reiseleiterin vor.

Selina Yousuf!

Eine Israelin arabischer Abstammung.

Ich war verblüfft, denn das hatte ich bisher nicht gewusst, dass es arabische Israelis gab. Sie wirkte sehr intellektuell, aber sehr kompetent, als sie uns begann in das Land, in dem wir und befanden, einzustimmen.

Wir fuhren immer weiter in Richtung Süden und die Landschaft sah immer grüner, saftig und wellig aus. Sie erinnerte mich an manchen Stellen in die Eifel. Und nur die immer wieder auftauchenden Palmen signalisierten, dass ich woanders war.

Die ganze Fahrt sollte zirka eineinhalb Stunden dauern.

Langsam wurde dann die Gegend karger und kurz hinter Beer-Sheba waren wir im wahrsten

Sinne des Wortes in der Wüste, allerdings in einer Steinwüste.

Hier und da zeigten grüne Stellen im beige-braunen Umfeld, dass hier auch der Frühling Einzug hielt.

Auf der Schnellstraße wurden wir immer wieder von Ampelanlagen zum Halten gezwungen. An jeder dieser Ampeln standen Gruppen von zumeist jungen Leuten mit Transparenten.

Selina Yousuf erklärte uns, dass dies ein Teil des Protestes wäre, den die arabische Bevölkerung um Beer-Sheba herum, veranstaltete. Die Blechbaracken, die wie Slums rechts der Straße immer wieder auftauchten, sollten eigentlich abgerissen werden, denn sie wären illegal. Man wollte die Nomaden, die hier mit ihren Herden seit Urzeiten herumzogen, von Regierungsseite aus sesshaft machen. Aber das funktionierte nicht. Ein Teil zöge immer noch frei herum, ein anderer Teil habe sich in diesen Blechsiedlungen niedergelassen. Da solche Siedlungen aber illegal seien, hätten sie keine Strom- oder Wasserversorgung und auch keine Anbindung an das Schulsystem. Für bessere Lebensbedingungen wäre jetzt zum Protest aufgerufen worden. Und es wäre schon erstaunlich genug, dass der Staat Israel diesen Protest seiner arabischen Bürger zu lasse und nicht einfach zerschlage. Trotzdem geändert hätte sich bisher nichts.

Während unserer ganzen Reise sollte ich erleben, dass Selina Yousuf zwar Israelin mit Herz und Seele war, nicht desto trotz die Missstände, die ihrer Meinung nach herrschten, die Ungerechtigkeiten und das Messen mit zweierlei Maß zwischen jüdischen und arabischen Israelis uns gegenüber immer wieder beim Namen nannte.

Während das frühe Aufstehen, der lange beengte Flug und überhaupt die ganze Aufregung mich jetzt hier im Bus einholten und eine zunehmende Schläfrigkeit in mir auslösten, wurde mein Eindösen immer wieder unterbrochen, weil mich die Landschaft doch in ihren Bann zog. Aber auch die Stimme Selinas über die Lautsprecheranlage riss mich mit ihren Erklärungen ein übers andere Mal aus meinen Träumereien heraus.

Als wir auf das Gelände des Kibbuz Mashabai-Sadeh einbogen, fiel mir ein riesengroß, künstlicher angelegter Teich auf.

Dieser Kibbuz hatte überhaupt keine Ähnlichkeit mit dem, in dem ich vor etlichen Jahren meine erste Nacht verbracht hatte. Krampfhaft versuchte ich mich an den Namen zu erinnern, irgendetwas mit „shalom".

Und während der Name mir absolut nicht mehr einfallen wollte, hatte ich die Begegnung mitten in der Nacht mit Katharina umso deutlicher vor Augen. Wir hatten bis in die frühen Morgenstunden auf der kleinen Terrasse ihres Bungalows gesessen und sie hatte mir viel von dem Propheten Amos erzählt, den sie bewunderte.

Als ich die Augen schloss, sah ich diese Szene genau vor mir und ich glaubte sogar ihre Stimme zu hören. Ich entdeckte wieder diese unendliche Sehnsucht nach ihr. Das schwarze Loch, das ihr Tod hinterlassen hatte, drängte sich wieder aus dem Hintergrund meiner Gefühle nach vorne.

Der Bus stoppte abrupt, ich riss die Augen auf und sah als erstes einen Kaktus, der wie das Exemplar aussah, das ich zuhause auf einer Fensterbank stehen hatte. Allerdings war der hier fast mannshoch und die beginnenden Blüten waren dunkelrot und faustdick.

In einem eingeschossigen Kibbuz Haus bekam ich Zimmer Nummer 104. In dem Zimmer waren es ganze zwölf Grad. und keine Heizung, dafür aber eine Klimaanlage, die ich erst einmal auf achtzehn Grad einstellte, wobei das laute Geräusch doch sehr gewöhnungsbedürftig war.

In einer Stunde war draußen vor dem Gebäude zwischen ein paar Sitzgruppen Treffpunkt für die ganze Reisegruppe, um gemeinsam durch den Kibbuz zum Abendessen in den sogenannten „dining room" zu gehen.

Da wir hier nur zwei Nächte blieben, lohnte sich kein Auspacken. Deshalb hatte ich meinen Koffer nur auf eine Bank gehievt, meinen Kulturbeutel hervorgeholt und verschwand ins Badezimmer.

Naja, Badezimmer war echt übertrieben. Eher konnte man von einem Miniwaschraum sprechen. Stand man vor dem Waschbecken, musste man den Duschvorhang schon ganz zurückschieben, weil er sonst einen an Rücken und Po klebte. Die Toilette war in einer Ecke eingeklemmt. Und mein erster Gedanke war, hoffentlich komme ich da jemals wieder raus.

Die Aussicht aus dem Zimmerfenster war auch in nichts zu vergleichen mit dem Blick auf Latrun, der mir von meiner vorherigen Reise noch tief in Erinnerung war. Durch noch unbelaubte Bäume war gerade mal ein Ausschnitt von einem verlassenen Spielplatz zu sehen.

Dafür war der Fernseher auf dem allerneusten Stand. Er hing direkt gegenüber dem Bett neben der Klimaanlage an der Wand. Ein digitaler

Bildschirm von enormem Ausmaß.

Als wir uns später alle gemeinsam auf den Weg zum Abendessen machten, war es schon recht dunkel. Der Weg führte durch die einzelnen Häuser der Kibbuzniks hindurch zu einem größeren Gebäude. Der Saal, in dem wir eintrafen, erinnerte eher an eine Kantine.

Bestimmte Tische waren für unsere Reisegruppe reserviert, an den anderen nahmen die Bewohner des Kibbuz ihre Abendmahlzeit ein. Da waren die unterschiedlichsten Typen, Männer und Frauen, Jung und Alt, manche dunkelhäutig, andere blond oder sogar rothaarig.

Genauso bunt wie die Menschen war das Büfett, an dem man sich nach Herzenslust bedienen konnte. Brot, Salate, Käse, warme Speisen, alles, was die Welt nicht kennt, war hier aufgebaut. Ich nahm mir eine kleine Portion Reis mit Tomatensauce und Frikadellen-Ähnliche-Bällchen. Das war total lecker, stellte ich nach dem ersten vorsichtigen Probieren fest. Zwar ein ziemlich außergewöhnlicher Geschmack, was wohl an den Gewürzen lag, aber überaus schmackhaft. Und weil ich doch mehr Hunger hatte, als erwartet, nahm ich mir dasselbe noch einmal – etwas größer portioniert. Dazu gab es als Getränk frisch gepressten Grapefruit-Saft.

Nach dem Essen gingen wir mit der gesamten Reisegruppe in ein anderes Gebäude, in einen Raum – genannt „Coffee-Bar".

Hier wurde im offiziellen Teil der Ablauf für den nächsten Tag besprochen.

Danach verabschiedeten sich die meisten auch schon, um frühzeitig schlafen zu gehen, da doch für alle dieser erste Tag ziemlich anstrengend gewesen war.

Auf der Terrasse vor unseren Bungalows saß eine Mitreisende und starrte in den dunklen Abendhimmel. Eigentlich wollte ich sie nicht stören, sondern nur kurz noch eine Gute-Nacht-Zigarette vor dem Zu-Bett-Gehen rauchen.

Doch dann sprach sie mich an:

„Haben Sie schon gesehen, wie wunderschön hier der Sternenhimmel ist?"

Ich setzte mich in einen der Stühle und starrte hoch. Und tatsächlich, die Sterne schienen hier heller und näher als zuhause und intensiver.

„Das sieht ja toll aus, viel anders als man von zuhause gewohnt ist!",

wagte ich in die Stille hinein zu bemerken.

Und sie erzählte mir dann, dass vor zirka sechs Monaten ihre Schwester gestorben war, mit der sie sich sehr gut verstanden hatte.

„Es war für mich einfach unmöglich", sagte sie weiter, „mir meine tote Schwester auf dem Friedhof, in einer Kiste tief unter der Erde vorzustellen. Sie war immer so lebendig gewesen."

Tief in meinem Innern traf sie einen sehr wunden Punkt.

Dann fuhr sie fort:

„Deshalb habe ich abends, wenn die Sterne zu sehen waren, mich in den Garten gestellt, einen festen hellen Stern mir ausgesucht und mir vorgestellt, dort ist jetzt meine Schwester."

Sie sah mich jetzt direkt an:

„Vielleicht können Sie sich das vorstellen, vielleicht auch nicht, aber in dem Moment konnte ich mit ihr reden."

Ich antwortete ihr nicht, was sollte ich auch antworten. Sie stand auf und wünschte mir eine „Gute Nacht". Als ihre Schritte verklungen waren, starrte ich wieder hinauf in den Nachthimmel.

Und dann fand ich einen schönen hellen Stern, der dazu auch noch leicht flackerte, glitzerte, blinkte. Und ich dachte an Katharina. Vielleicht war sie jetzt da oben dieser Stern, hatte unser Baby im Arm und sah zu mir hinunter. Und meine Gefühle überwältigten mich wieder, so dass ich ihr nur ein „Gute Nacht, mein Schatz!" hinhauchen konnte.

Dann stand ich schnell auf und verschwand in meinem Zimmer und in meinem Bett.

2.   Im Negev

Diese erste Nacht in Israel hatte ich super geschlafen. Keinmal war ich zwischendurch aufgewacht und hatte auch keinen Traum gehabt,
der mich hochgeschreckt hatte.

Die Dusche in diesem Miniraum von Badezimmer war eine mittelschwere Katastrophe. Alles
stand unter Wasser. Der Duschvorhang klebte
immer an den unmöglichsten Stellen meines
Körpers und die Bademattte war triefnass.

Um 7.00 Uhr war ich pünktlich im dining-room
zum Frühstück.

Frühstück?

Na ja!

Zuerst hatte ich ein komisches Pappbrot mit einer nahezu geschmacklosen Käsescheibe erwischt, ehe ich dann doch einen Brötchenkorb,
Marmelade und Honig entdecke und beschloss
einfach noch einmal von vorne anzufangen.

Der Kaffee war eine Art Instantzeug und nur
wenig dazu geeignet meine Lebensgeister und
meinen Koffeinspiegel so richtig in Fahrt zu
bringen. Ich nahm wohl zu viel Pulver und dadurch schmeckte er ziemlich bitter. Die zweite
Tasse war mit zu wenig Pulver aufgebrüht und

so hatte dieser Versuch den Geschmack von gefärbtem Wasser.

Gegen 8.00 Uhr waren alle pünktlich im Bus und die Fahrt ging Richtung Süden, in Richtung Negev nach Mizpe Ramon.

Das tollste war das Wetter!

Ein superblauer Himmel in dem eine milchige Sonne den nasskalten Winter zuhause nur als ferne Illusion erscheinen ließ.

Außerdem fuhren wir immer mehr in eine Art Steinwüste hinein, dir mir, je länger ich mich darin verlor, ein zufriedenes, ja gelassenes Reisegefühl verschaffte. Meine Stimmung wurde immer besser. Zudem spürte ich in meinem Innern, dass Katharina ganz nah bei mir war; ja, dass sie diese Reise miterlebte, wo immer sie auch war.

Während ich durch das Busfenster in die Landschaft starrte, kamen mir immer wieder neue Gedanken.

Nein, ich suchte hier nichts.

Weder Gott, weder Offenbarung, weder Spuren Jesus noch heilige Orte oder Erinnerungen an Bekanntes.

Nein, nichts von alledem.

Ich wollte einfach nur neue Eindrücke genießen. Auftanken.

Das schwarze Loch in mir mit Farben, neuen Eindrücken, neuen Vorstellungen und Erlebnissen füllen.

Besonders hoffte ich, dass die Wüste mir dabei helfen würde.

Ich wollte nicht Leere füllen, sondern leer werden für Neues.

Mehrmals hatte ich schon kleine Kamelherden gesehen, als andere Teilnehmer sich noch darüber ausließen, es gäbe in dieser Landschaft so gar kein Leben.

Dann war die Ankunft in Mizpe Ramon, einer kleinen israelischen Stadt mitten im Nichts, am Rande eines gewaltigen Kraters, dem Machtesch Ramon.

Wir gingen am Rande des Kraters entlang zu einer Plattform, die frei über dem Kraterrand schwebte. Die Dimension dieses Kraters war unbeschreiblich. Man konnte kaum den Rand auf der gegenüberliegenden Seite erkennen.

Auf dem Grund dieses riesigen Beckens sah man mit bloßem Auge schwarze Gesteinsformationen, die, wie uns Selina Yousuf erklärte, aus dem Tertiär stammten und so rund 300 Millionen Jahre alt sein sollten. Nirgendwo sonst auf der Welt soll es dieses Vorkommen so geben. Genau so wenig konnte man sich die Entstehung dieses Kraters erklären.

Von der Plattform aus gingen wir am Rand eine kurze Strecke spazieren. Dabei näherten wir uns manchmal gefährlich dem steil abfallenden Rand.

Ich bin an einer steil in die Tiefe führenden Stelle stehen geblieben, ungefähr einen halben Meter vor der Kante, an der es zirka zweihundert Meter abrupt in die Tiefe nach unten ging.

Nichts für Menschen mit Höhenangst, dachte ich noch, als mich genau dieses Gefühl überkam. Ich ging noch einen Schritt nach vorne, sah die Tiefe vor mir. Spürte wie ein Kribbeln meinen ganzen Körper bedeckte und die Angst vor dem Abgrund mehr und mehr zunahm. Ich hörte in mir eine Stimme:

„Schließ die Augen! Breite die Arme aus! Geh den letzten Schritt!"

Schweiß brach mir auf und lief mir über das Gesicht und über den Rücken. Wie gelähmt starrte ich in den Abgrund vor mir. Wartete da unten nicht das Vergessen? Sollte ich der Versuchung, mich fallen zu lassen, nachgeben? Die Versuchung wie auch der Widerstand waren groß und stritten miteinander.

Dann rief plötzlich jemand, dass vor uns, auf halber Höhe des Abgrunds, Steinböcke – hier Ibex genannt – zu sehen seien.

Der Bann war gebrochen.

Ich eilte unheimlich erleichtert zu den anderen, um ein Foto zu schießen.

Und im Stillen fragte ich mich, was da vorhin am Rande des Kraters mit mir vorgegangen war? Ich wusste es nicht, fand es jedoch ziemlich beängstigend.

Unsere Reiseleiterin Selina Yousuf erzählte uns noch interessante Einzelheiten über diesen Ramon Krater, die ich gar nicht mitbekam. Ich hörte zwar ihre Stimme, war aber noch ganz gefangen von diesem kurzen Augenblick, den ich da erlebt hatte. Was ich behielt war, dass es in der Nähe noch zwei kleinere ähnliche Krater geben würde.

Wir bekamen noch gut dreißig Minuten Zeit, den Spaziergang am Kraterrand fortzusetzen, um die Aussicht zu genießen, weitere Eindrücke zu sammeln, Fotos zu schießen oder einfach Pause zu machen mit dieser fantastischen Aussicht.

Ich setzte mich auf ein kleines Mäuerchen, aber mit genügend Abstand zum Kraterrand, wandte meinen Rücken der Sonne zu und kramte aus meinem Rucksack mein Buch, um mich in das nächste Kapitel zu stürzen.

Diese biblischen Geschichte am Rande dieses Ramon Kraters zu lesen und dabei immer wieder die wahnsinnige Aussicht in den Blick zu nehmen, hatte was.

Leider war die Zeit verstrichen, die wir hier verbringen konnten. Zum Besuch der Grabstätte von Ben Gurion, dem 1. Ministerpräsidenten Israels, traten wir die Weiterfahrt zum Kibbuz Seder Boqeq an.

Mir summte noch der Kopf von den interessanten Erklärungen aus dem Kapitel des neuen Buches, das ich gerade gelesen hatte. Und ich musste wieder auftauchen aus den dunklen Tiefen dieses TOHUWABOHU und befand mich nach einer kurzen Fahrt zusammen mit den anderen Teilnehmern in einem baumbestandenen Park wieder, in dessen Mitte das Grab von Ben Gurion und seiner Ehefrau lag.

Vielmehr als Park und Grab sagte mir jedoch der unendliche Blick in die Weite eines riesigen Wadis zu. Tief zerklüftet zog es sich querab von unserem Standort aus dahin.

Wenn ich es richtig verstanden hatte, war dies das Wadi Zin.

Gleißendes Sonnenlicht ließ die Luft über diesem gigantischen Schauspiel flimmern.

Die Farben in mancherlei Gelb- und Brauntönen blendeten und stachen in die Augen.

Es war einfach ein überwältigender Anblick da am Rande des Parks hinunter in Wadi.

Und es sollte noch besser kommen.

Wie fuhren wieder eine kleine Strecke mit dem Bus, stiegen aus und wanderten hinein in ein ebensolches Wadi, das „En Avdat" hieß. Zwanzig Minuten gingen wir an einem sprudelnden Bachlauf hier mitten in der Wüste vorbei. Rechts und links von uns erhoben sich hohe Schatten spendende, zerklüftete Felsformationen.

Ich war sehr beeindruckt und merkte, wie die Umgebung Balsam für meine Sinne wurde.

Dann zeigte jemand nach oben. Da wäre ein Adlerhorst. Oder waren es doch Geier?

Egal!

Es war einfach eine ungeheure Leichtigkeit mit dem ein großer Vogel aus dem Horst sich in die Luft fallen ließ und mit wenigen Flügelschlägen in einen Schwebeflug überging, um in einer Biegung des Wadis unseren Blicken zu entschwinden.

Die Fotoapparate und Handykameras liefen

heiß. Es herrschte dabei atemlose Stille.

Dann kamen wir an das Ende des Wadis „En Avdat" und es bot sich uns ein fantstischer Anblick. Die steilen Wände liefen hier eng zusammen in ein großes Oval. Ganz oben plätscherte eine Quelle, die für üppige Vegetation auf dem Grunde des Wadis sorgte, in Kaskaden hinunter in einen smaragdgrünen Teich zu unseren Füßen.

Natürlich war hier wieder ein Fotoshooting angesagt.

Ich glaube, ich war nicht der Einzige, der von diesem Ort verzaubert war. Ich merkte an den gedämpften Stimmen, dass plötzlich so etwas wie Ehrfurcht vor diesem kleinen Wunderwerk der Natur herrschte.

Leider liegt es nicht in der Natur einer solchen Reise, an diesen Orten länger zu verweilen; und wir standen dann auch mit der gesamten Reisegruppe vor einer schweren Entscheidung. Hier am Ende des Wadi En-Avdat gab es nur zwei Möglichkeiten, entweder den selben Rückweg zurückzugehen, oder über einen schmalen, steilen Pfad, teilweise auch über Leitern, den Höhenunterschied von zirka zweihundert Metern zu überwinden und auf das höher gelegene Plateau zu gelangen, wo der Bus dann auf uns wartete. Drei Frauen beschlossen, zurückzugehen. Ich entschied mich für den schwierigeren Weg, obwohl die Erinnerung an meinem Anfall von Höhenangst mir noch frisch in den Knochen steckte.

Überall waren Eisen in den Felsen geschlagen, um sich festhalten zu können. Ich merkte schnell meine mangelnde Kondition und kam schon bald außer Atem. Einen Trost hatte ich, den anderen ging es genauso.

Trotzdem!

Der Anstieg im ersten Teil schien nicht allzu gefährlich; ich vermied es aber tunlichst zurück zu schauen.

Dann kam die erste Leiter und mit ihr ein Stau.

Eine Klasse israelischer Schulkinder im Alter von um die zehn Jahren mit Eltern, Lehrern und Bewachern versuchte sich an den Aufstieg.

Ja, tatsächlich mit Bewachern. Männer, die so mit den Kindern eigentlich nicht viel zu tun zu haben schienen. Beim Aufstieg über die Leiter gingen aber zwei oder drei zuerst, dann kamen Kinder, Eltern, Lehrer und zum Schluss wieder zwei oder drei dieser Männer. Und bei einem konnte man die Schusswaffe im Hosenbund auf dem Rücken stecken sehen.

Wieder einmal wurde es mir mulmig, weil ich die aktuelle Situation hier in Israel mit ihren immerwährenden Gefahren und Gewaltpotential fast körperlich spürte.

Für mich war dieser Aufschub ein Glücksfall, konnte ich doch erst einmal wieder richtig zu Atem kommen.

Es dauerte eine Zeit, bis die ganze Schulklasse über unseren Köpfen entschwunden war.

Dann nahm auch ich die erste Leiter in Angriff und es ging tatsächlich besser als gedacht. Wieder eine Menge Stufen, die in den Fels gehauen waren und weiter steil nach oben führten, folgten. Eine zweite Leiter, etwas länger als die Erste.

Danach legte ich an einer breiteren Stelle des Pfades noch einmal eine Verschnaufpause ein und genoss jetzt doch den Blick zurück ins Wadi En-Avdat.

Es kam ein letzter steiler in Schlangenlinien verlaufender Pfad und plötzlich hörte ich die Kinder singen und klatschen. Noch zwei Kehrtwendungen und ich war oben. Außer Puste war ich und ganz nass geschwitzt, aber mächtig stolz, meine Höhenangst hinter mir, oder besser gesagt, unter mir gelassen zu haben. Es war wohl die richtige Entscheidung – auch für mein Selbstwertgefühl -, diesen Weg zu gehen. Inschallah!

Und die Aussicht, die man von hier genießen konnte, versöhnte einen mit der überstandenen Anstrengung. Ich setzte mich auf einen Felsbrocken, blickte zurück in das Wadi und ließ von der Sonne mein Hemd trocknen.

Und da war es wieder. Plötzlich wünschte ich mir so sehr, Katharina wäre jetzt bei mir, säße neben mir und könnte sich an den vielen unterschiedlichen Gelb- und Ockertönen der vor mir liegenden Landschaft genauso erfreuen wie ich. Und ich war mir auch sicher, dass sie genauso versunken die Landschaft in sich aufnehmen würde, wie ich es tat. Und so spürte ich sie in diesem Moment ganz nah bei mir.

Doch ehe ich dieses Gefühl auskosten und mich ihm hingeben konnte, war es auch schon wieder Zeit für den Aufbruch. Die nächste Etappe rief. Unerbittlich wurde ich aus dem Zauber der Landschaft und meinen Sehnsüchten herausgeholt.

Wie Selina Yousuf uns im Bus erklärte, fuhren wir weiter in Richtung Süden nach Mamschit, einer ausgegrabenen Stadt der Nabatäer. Zirka sechzig Kilometer waren es bis dahin und wir machten unterwegs - mitten in der Negev Wüste - Mittagspause bei McDonalds.

Aber nicht die allgegenwärtige Fast-Food-Kette war das Besondere dieser Rast.

Ich hatte mich mit einer Tüte Pommes Frites draußen in die Sonne auf einen breiten Stein gesetzt und dann passierte etwas, das eigentlich für den normalen Mitteleuropäer total ungewohnt zu sehen ist.

Ein Ford Transit mit getönten Scheiben hielt in einer der freien Parklücken direkt vor mir. Aus dem Fahrzeug stiegen vier junge Leute, alle nicht älter als Anfang zwanzig.

Bis hierher noch nichts Besonderes.

Doch als sie ausgestiegen waren, griffen sie zurück in das Fahrzeug und holten ihre Maschinenpistolen heraus, die sie sich mit lässiger Eleganz umhängten, wie anderswo die Jugendlichen ihre Rucksäcke. Ich sah sie sich ganz normal in einer Schlange anstellen, sich ihre Chicken oder Hamburger abholen und dann hockten sie sich nebst ihrem Waffenarsenal um einen freien Tisch und hielten ihre Mittagspause.

Und dieser Anblick schien hier so zum Alltag zu gehören und vielleicht auch ein notwendiges Übel zu sein, dass es mich doch umso mehr erschreckte.

Menschen im ständigen Kampf um ihr Land, ihr Leben; Menschen, die mit der ständigen Bedrohung angegriffen zu werden, aufwachsen und Leben müssen.

Hier, weitab von allen kriegerischen Auseinandersetzungen, wurde mir erst richtig bewusst, auf welchem Pulverfass ich hier in Israel saß.

Meine Pommes schmeckten mir plötzlich nicht mehr und die gut gekühlte Limonade war in der Sonne zu einem kohlesäurearmen Zuckerwasser mutiert.

Auf der Weiterfahrt erzählte uns Selina Yousuf eine ganze Menge über die Nabatäer, über deren Blütezeit, deren Religion, deren Handelswege und deren Städte. Die Hauptstadt der Nabatäer - Petra - liegt drüben auf der anderen Seite des Araba-Gebirges in Jordanien und zählt mittlerweile zum Weltkulturerbe, erkläre sie uns. Ausführlich berichtete sie von den weitreichenden Handelsbeziehungen der Nabatäer vom Jemen aus über die Weihrauchstraße bis hierher und dann weiter zu den Häfen an der Mittelmeerküste.

Ich bekam ihre letzten Erklärungen nur noch im Halbschlaf mit und als wir gegen 15.00 Uhr in der ausgegrabenen Nabatäerstadt Mamschit ankamen, brauchte ich ein paar Versuche, um meine eingeschlafenen Beine wieder richtig unter Kontrolle zu bekommen.

In Israel sind sämtliche Ausgrabungsstätten Nationalparks mit Eintrittsgebühren und festen Öffnungszeiten. Da es noch recht früh in der Touristensaison ist, sind diese Nationalparks zur Zeit nur bis 16.00 Uhr geöffnet.

Das hieße also wieder einmal sich sputen.

Flott, flott oder hurtig, hurtig.

Noch schneller klang das im Arabischen, wie Selina Yousuf uns lächelnd kundtat: Yalla, yalla.

Die Ausgrabungsstätte Mamschit erschien mir enorm groß zu sein. Allein das sechstorige Eingangsarsenal lud zum ausgiebigen Bestaunen und Verweilen ein.

Aber aufgrund des Zeitdrucks verlief die ganze Besichtigung im Schnelldurchgang. Zur allseitigen Beruhigung hieß es aber, dass wir morgen früh eine zweite ausgegrabene Nabatäerstadt mit Namen Shivta auf dem Programm stehen hätten und da auch ausreichend Gelegenheit zur Besichtigung ohne Zeitdruck.

Ich wäre trotzdem gerne noch etwas geblieben.

Erinnerungen an Arad stiegen in mir auf. Erinnerungen an das Flair dort, an die Aura heiliger Orte. Und als ich hier in Mamschit durch die

Ruinen des Duschara-Tempels ging, ergriff mich wieder etwas von diesem Gefühl des Besonderen.

Zurück im Kibbuz Mashabei-Sade saß ich zusammen mit ein paar Teilnehmern noch draußen auf der Terrasse in einer milden Abendsonne. Es war noch Zeit bis zum Abendessen. Wir alle waren doch ziemlich geschafft von dem steilen Aufstieg in En-Avdat, aber einhellig der Meinung, dass sich die Anstrengung gelohnt hatte.

Es war recht angenehm, bei diesen Temperaturen miteinander Eindrücke auszutauschen. Wobei wir uns auch darüber freuten, hier draußen in der warmen Abendsonne sitzen zu können, obwohl es erst Ende Februar war.

Zum Abendessen habe ich dann einmal "Hummus" - Kichererbsenmus - probiert, das alle so besonders lecker fanden.

Ehrlich gesagt, nicht mein Geschmack.

Da schmeckte mir das Brot mit Thunfischsalat, das ich mir danach aussuchte, wesentlich besser.

Wie gestern Abend trafen sich alle Reiseteilnehmer nach dem Essen noch einmal in der Coffee-Bar.

Bei einem Glas Rotwein hatte ich im netten plaudern mit den anderen schnell die Zeit vergessen und so war es schon total spät, als ich mein Bungalow aufsuchte.

Nachdem der Sand und Staub der Wadi's abgewaschen war und meine Mini-Bade-Zelle wieder einmal Landunter meldete, habe ich schnell noch alles wieder in meinen Koffer verpackt, da morgen Abend eine neue Schlafstätte auf dem Plan stand.

Und obwohl ich sehr müde war, war ich doch noch so aufgekratzt oder auch begierig, das nächste Kapitel in meinem Buch zu mindestens anzufangen.

3.   Masada

Ich hatte schlecht geschlafen und eine Menge Unsinn geträumt.

Im Zimmer waren es gerade einmal dreizehn Grad, mir war kalt und ganz hinten in meinem Hinterkopf meldeten sich erste Anzeichen von Kopfschmerzen an.

Nach vielem Rührei, Brötchen mit Pflaumenmus und noch mehr Kaffee, nach Packen und Einsteigen in den Bus ging es in Richtung ägyptischer Grenze.

Und mir ging es schon wieder besser.

Kaum unterwegs, gerade einmal fünfzehn Minuten nach der Abfahrt, schon wieder der erste Stopp und es hieß in einem Coffee-Shop, Verpflegung für das Mittagessen einzukaufen.

Es war ganz schön windig und viele Wolken segelten am Himmel. Dafür war es aber weiter angenehm warm.

Als wir dann weiterfuhren, begrüßte Selina Yousuf uns im Bus und hielt eine kleine Meditation zur Einstimmung auf unseren heutigen Wüstentag.

Von meinem Platz auf der Rückbank aus, hatte ich einen wunderbaren Rundumblick auf die

Wüstenlandschaft. Aber während eben noch alles blauer Himmel war, wurde es rund um uns herum die Luft immer undurchsichtiger.

Der Busfahrer war deutlich mit der Geschwindigkeit zurückgegangen.

Und dann führen wir in eine riesige beige-braune Wand und sahen nichts mehr.

Wir waren mitten in einem Sandsturm.

Es dauerte noch ein paar Minuten ehe Selina Yousuf uns mitteilte, dass es absolut keinen Sinn machen würde, weiter hinein in die Sandwüste zu fahren. Sie habe soeben mit unserer Reiseleitung eine Programmänderung beschlossen. Wir würden zurück nach Norden in die Steinwüste fahren mit dem Ziel der Ausgrabungen in Arad.

Ich war plötzlich wie elektrisiert.

ARAD.

Erinnerungen stiegen in mir hoch, verschwanden wieder und wurden durch andere ersetzt.

Und zwischendurch hörte ich die anderen Reiseteilnehmer lebhaft diskutieren. Einige waren für Arad, andere wollten lieber heute schon nach Masada.

Ich beteiligte mich nicht an dieser Diskussion, obwohl ich plötzlich eine übermächtige Sehnsucht danach verspürte, wieder im Allerheiligsten der Tempelruine von Arad zu stehen.

Nach über zehn Jahren sah ich vor meinem geistigen Auge wieder den blutroten Vorhang, roch den intensiven Weihrauchgeruch, der von den beiden Rauchopferaltären aufstieg und hatte wieder das angstvolle doch prickelnde Gefühl, das mich übernommen war als ich versuchte den Vorhang beiseite zu schieben.

Wie damals in der Amoszeit.

Der Busfahrer hatte jetzt eine Möglichkeit zum Wenden gefunden.

Um uns herum war nur noch eine diffuse gelbliche Helle. Man konnte den Straßenrand kaum erkennen. Der Sandsturm peitsche die feinen kleinen gelben Körner mit aller Macht gegen die Scheiben.

Ich glaube, wir waren alle froh im Bus zu sitzen und diesem Naturspektakel da draußen nicht ausgeliefert zu sein.

Selina Yousuf gab dann über Mikrophon bekannt: wir fahren nach Masada.

Die Masada-Fraktion hatte sich demnach durchgesetzt.

Mein Gefühl darauf könnte nur als sehr zwiespältig beschrieben werden.

Einerseits sehnte sich ein Teil von mir danach, noch einmal Arad zu sehen. Andererseits fiel mir irgendwo auch ein Stein vom Herzen. Schließlich sollte und wollte ich neue Eindrücke aufnehmen und Erinnerungen begraben.

Die Fahrt ging also jetzt in Richtung Norden, in Richtung Steinwüste. Und je weiter wir nach Norden kamen, je weniger wurde der Sandsturm. Luft und Himmel waren zwar immer noch beigefarben, aber schon bald konnte man rechts und links wieder etwas erkennen. Die Sicht wurde immer besser. Bald schien der Sandsturm nur eine Illusion gewesen zu sein.

Ich war schon vor Jahren beeindruckt gewesen von dieser kargen Landschaft.

Es wurde richtig bergig als wir uns dem Toten Meer näherten.

Die Straße verlief in endlosen Serpentinen.

Ich dachte automatisch daran, wenn neben meinem Fenster ein Schwindel erregender Abgrund sich auftat, dass Katharina diese Fahrt jetzt ganz und gar nicht genossen hätte.

Und dann die letzte Kehre.

Vor uns auf einem Felsmassiv: Masada.

Allein der Anblick der von den Römern erbauten Rampe ließ einen erstaunen. Wie viele

Menschen mussten hier tagaus und tagein geschuftet haben? Wie viele Verletzte und Tote hatte es hier wohl gegeben, nur um diese riesige Erdrampe aufzuschütten? Ich fand das Bauwerk beeindruckenden als so manchen Tempel oder Palast, den ich bisher schon gesehen hatte.

Neben der Rampe verlief ein Pfad mit unzähligen Stufen, der bis hinauf in die Festung führte. Doch bevor wir den Pfad in Angriff nahmen, blieb wir noch vor einer großen hölzernen Belagerungsmaschine stehen. Sie war hier in der Nähe ausgegraben und rekonstruiert worden. Fehlende oder beschädigte Teile waren durch Eisenkonstruktionen ersetzt worden. Es gehörte bestimmt eine Menge Menschenkraft dazu, dieses Ungetüm über die Erdrampe hinauf zu der Festung zu schieben und in Stellung zu bringen.

Dann ging es den Pfad hoch.

Dabei bin ich ganz bewusst zum Schluss unserer Reisegruppe gegangen, weil ich für so eine Steigung den eigenen Rhythmus finden musste. Für den Aufstieg brauchte ich so um die fünfundzwanzig Minuten reine Gehzeit.

Durch ein kleines Tor betraten wir das Plateau der Festung und nur ein paar Schritte weiter

standen wir vor der Bresche in der Festungs-
mauer und blickten die Rampe hinunter.

Trotz der diesigen, mit Sand geschwängerten
Luft war der Rundblick fantastisch.

Von hier könnte man tatsächlich noch die qua-
dratischen Umrisse der Römerlager erkennen,
sieben kleinere und ein großes Quadrat. Und
das nach fast zweitausend Jahren.

Ebenso sah man die Erdverfärbung, die die
Mauer hinterlassen hatte, die von den Römern
von Lager zu Lager rings um den Felsen von
Masada gezogen worden war.

Die ganze Reisegruppe traf sich in den Ruinen
des Nordpalastes. Hier las uns Selina Yousuf
die Geschichte Masada's und der neunhundert-
sechzig jüdischen Aufständischen aus Flavius
Josephus, dem jüdischen Schriftsteller, vor.

Wir nahmen anschließend unseren Rundgang
wieder auf und landeten schließlich in dem
Raum, in dem die Scherben gefunden worden
waren, mit denen die Aufständischen diejenigen ausgelost hatten, die die anderen töten
mussten, um nicht in die Hände der Römer zu
fallen.

Hier hörten wir aus Flavius Josephus die beiden
Reden des Anführers der Aufständischen, mit
denen er seine Mitstreiter davon überzeugt

hatte, dass nur ein kollektiver Selbstmord jahrelange Qualen und Sklaverei durch die Römer verhindern könnte.

Danach war es in unserer Reisegruppe zunächst einmal sehr still.

Nur der heftige Wind mit starken Böen fegte über uns hinweg.

Alle schienen tief betroffen über den heldenhaften Kampf der jüdischen Aufständischen gegen - ich weiß nicht wie viele - Legionen der Römer.

Aber auch die enorme Leistung der römischen Legionäre, so eine Rampe aufzuschütten und über diesen schmalen steilen Zugang auch noch schweres Kriegsgerät nach oben zu schaffen, zollte uns allen Respekt ab.

Genauso beeindruckend war das, was Herodes der Große zu seinem Luxus und zu seiner Sicherheit hier an Palästen und anderen Räumlichkeiten hatte errichten lassen.

Ich fand es ausgesprochen gut, dass die Gruppe anschließend die Möglichkeit hatte, hier noch einige Zeit zu verweilen - jeder wie er wollte. Und während die meisten aufbrachen, um sich das ein oder andere innerhalb der Festungsmauern noch einmal näher anzusehen, blieb ich in diesem einigermaßen windgeschützten Scherbenraum und holte mein Buch aus dem Rucksack.

Ich hatte mein Handy auf Weckfunktion gestellt und als es jetzt ablief, schrak ich hoch, weil ich mich ganz tief in die Geschichte des Sündenfalls vergraben hatte. Dem Kern der Botschaft des Jahwisten über den Ursprung des Bösen auf die Spur zu kommen, musste ich erst einmal verschieben.

Als ich an der Umfassungsmauer entlang zur Bresche und zu dem kleinen Tor zurückging, stellte ich für mich so fest, dass alleine Masada diese Israelreise schon lohnenswert gemacht hatte.

Ich verweilte ganz kurz.

Der Ausblick auf die Rechtecke der Römerlager, auf die Bresche in der Umfassungsmauer und auf die riesige Rampe weckten ein Gefühl in mir, das etwas mit Ruhe und Gelassenheit zu tun hatte.

Ich weiß nicht einmal, woher es kam, wo es seinen Ursprung hatte.

Es war einfach da und tat gut.

Wir waren so gegen 16.00 Uhr im Hotel „Inbar" in Arad angekommen.

Schnell waren die Zimmer verteilt.

Meine erste Reaktion war, nachdem ich mein

Hotelzimmer gesehen hatte: ich will zurück in den Kibbuz.

Gut, das Zimmer war größer und wärmer, das Badezimmer um Klassen besser, aber trotzdem. Das Flair von Mashabei-Sade waren hiermit nicht zu vergleichen.

Außerdem stank es überall nach Chlor aus dem Schwimmbad im Erdgeschoss.

Jedes Mal, wenn ich nach draußen vor das Hotel ging, um eine Zigarette zu rauchen, musste ich an einem Monster von Türsteher vorbei. Bevor ich wieder zurück durch die eigentlich automatische Tür kam, wurde ich von Kopf bis Fuß gemustert und mit einer bedrohlichen Handbewegung durchgewunken. Der Kerl war mindestens zwei Meter groß und hatte einen kahl rasierten Schädel, der wie eine Honigmelone glänzte. Seine Kappuzenjacke beulte sich auf der linken Seite ganz schön aus, so dass es für mich offensichtlich war, dass er dort eine Schusswaffe stecken hatte.

Sicherheit Made in Israel.

Vor dem Abendessen hatte ich den Luxus des größeren Badezimmers ausgekostet und ausgiebig geduscht, um den Sand Masadas los zu werden. Die Auswirkungen des Sandsturms waren in den Windböen auf Masada spürbar gewesen, da feiner Sand sogar zwischen den Zähnen knirschte.

Zum Abendessen hatte ich frische Sachen angezogen, aber die verschwinden heute Abend wieder in den Koffer. Für das Tote Meer morgen und Qumran werde ich die Sandklamotten von heute noch einmal anziehen.

Das Abendessen war eine mittelschwere Katastrophe.

Und ich hörte von den anderen Teilnehmern nicht nur einmal die Äußerung, die mir schon beim Betreten meines Zimmers durch den Kopf gegangen war: Sie wollten zurück in den Kibbuz. So einfach es dort auch gewesen war, so ungemütlich war es hier.

Vor dem Buffet tummelte sich ein ganzer Bus amerikanischer Teenager, die frisch aus dem Schwimmbad direkt in das Restaurant gestürmt waren, mit den Badesachen noch unter dem Arm. Sie liefen am Buffet auf und ab, konnten sich für nichts entscheiden und hielten so den ganzen Betrieb auf. Das war wohl hier nicht Burger King und so konnten sie sich für nichts erwärmen, was da angeboten wurde.

Zusätzlich verursachte eine Reisegruppe von Franzosen weitere Verwirrung. Die hatten von „hinten anstellen" wohl noch nie etwas gehört.

Als ich nach längerer Zeit und viel Geduld endlich mein Essen hatte, waren die Pellkartoffeln, das panierte Hähnchenschnitzel und die gebratenen Champions äußerst lecker. In einer ruhigeren Phase am Buffet hatte ich mir dann eine zweite kleinere Portion gegönnt, nicht ohne im Hinterkopf Katharinas Stimme zu hören, ich sollte auch einmal etwas Vitaminreiches dazu nehmen. Wegen der zweiten Portion hatte ich selbstverständlich auf diverse Kuchen, Nachtisch und Salate verzichtet.

Zum Essen teilte ich mir mit einem Mitreisenden eine Flasche Rotwein und fühlte anschließend eine wohlige Müdigkeit, sodass ich nicht mehr mit in die Stadt ging, wie ein Großteil der Reisegruppe.

Auf dem Zimmer merkte ich wie meine Gesichtshaut nach dem Sandpeeling auf Masada recht angespannt und trocken sich anfühlte und meine Augen brannten.

Es tat jetzt wahnsinnig gut, auf dem Bett zu liegen und den Gedanken freien Lauf zu lassen.

Und während Massada vor meinem inneren Auge wie ein Film noch einmal ablief, überlegte ich, was Katharina wohl dort am meisten beeindruckt hätte.

Ich musste darüber eingeschlafen sein. Lautes

Gerede und Gelächter auf dem Flur rissen mich wieder in die Wirklichkeit. Es war erst 0.30 Uhr.

Um die notwendige Bettschwere wieder zu erreichen, nahm ich mir mein Buch aus dem Rucksack. Ich wollte jetzt wissen, was laut Autor der Ursprung des Bösen ist.

Meine Augen brannten vor Müdigkeit, als ich das Buch endlich schloss.

Ich löschte das Licht und konnte doch nicht schlafen.

Die Gedanken in meinem Kopf fuhren Karussell.

Schließlich stand ich auf und stellte mich im Dunkeln ans Fenster. Unter mir lag der Parkplatz des Hotels. Draußen war es still und niemand mehr unterwegs.

Ich weiß nicht wie lange ich so gestanden hatte, doch allmählich kam ich auch innerlich zur Ruhe.

Gerne hätte ich jetzt meine Überlegungen zu dem Gelesenen mit jemand geteilt.

Und ich merkte einmal mehr, wie sehr mir Katharina fehlte.

4.   Qumran

Doch ich hatte ganz gut noch geschlafen.

Selbst die Alpträume der letzten Wochen, die mich immer wieder heimgesucht und gequält hatten, waren ausgeblieben. Obwohl ich mich fast nie an Inhalte dieser Träume erinnern konnte, hatten sie den Tag über wie Blei auf mir gelegen und mich niedergedrückt.

Ich hatte schnell alles wieder gepackt und meine Sandausrüstung vom Vortag angezogen.

Im Frühstücksraum bot sich das gleiche Chaos wie beim Abendessen.

Ich erwischte ein weiches Roggenbrötchen, zwei Scheiben undefinierbaren Käse und ein Päckchen Pflaumenmarmelade. Dem Rührei, das ich mir außerdem noch zum Tisch Mitnahme, konnte ich keinen Geschmack abgewinnen. Trotz zusätzlichem Salz und Pfeffer schmeckte es einfach nur fade. Zwei Tassen Instant-Kaffee brachten meinen Kreislauf auch nicht in Schwung.

Und so war ich viel zu früh mit gepacktem Koffer vor dem Hotel auf der Straße, lange bevor wir eigentlich abfahren wollten. Hier besserte sich mit den ersten tiefen Zügen aus meiner Zigarette meine Stimmung erheblich. Das lag bestimmt auch daran, dass die Sonne schien. Und wenn man sich ein bisschen gegen die steife Brise, die mit heftigen Böen einen packte, versteckte, konnte man sogar die Wärme spüren, die die Sonne noch zögerlich zwar, aber immerhin schon so früh am Morgen versprach.

Die Fahrt nach En Boqeq an das Tote Meer wurde ein Traum.

Ich versank total in die Betrachtung der faszinierenden Landschaft und blendete die Gespräche vor mir im Bus gänzlich aus.

Langsam schraubte sich der Bus durch eine märchenhafte Wüstenlandschaft mit hohen braunen Bergen und tiefen Schluchten, die von zirka sechshundert Meter über dem Meeresspiegel bis zu vierhundert Meter unter dem Meeresspiegel reichte.

Nach der Hälfte der Fahrzeit, das Tote Meer schon tief unter uns in Sichtweite, war dann Fotopause.

Ich ging etwas abseits um das Panorama in Ruhe zu genießen.

Kein Foto könnte diese Bilder in meinem Kopf ersetzen.

Ich schien die Landschaft aufzusaugen und mich darin zu verlieren. Der ganze bisherige Zauber Israels, ob nun der Negev oder Masada, hing für mich mit diese kargen Gebirgszügen zusammen. Ich versuchte diesen Anblick mir fest im Gedächtnis einzuprägen, um mich später immer wieder gedanklich in diese karge Einsamkeit zurückziehen zu können.

„Faszination der Leere", wäre eine passende Überschrift dafür.

Ich musste mit Bedauern feststellen, dass die Zeit an Orten, die wohltuend für die Seele sind, viel schneller fortzuschreiten scheint, als anderswo. So war dann diese Fotopause auch schon zu Ende und nach einigen Kehren tauchte das Tote Meer in seiner vollen Ausdehnung vor uns auf und mit ihm der Bade- und Kurort En Boqeq.

Während die braunen Berge im Hintergrund noch so etwas wie ein Versprechen für mich waren, mich weiter zu begleiten, wenn auch nur in meiner Vorstellungskraft, fuhren wir in den Ort mit seinen riesigen Hotelanlagen.

Einige Reiseteilnehmer nutzen hier die Gelegenheit, den vorgesehenen Aufenthalt damit auszufüllen, einmal im Toten Meer zu baden, und die Erfahrung zu machen, im Salzwasser zu schweben.

Es schien zwar die Sonne, aber es wehte ein frischer Wind und manch heftige Böe war dabei.

Mir war das eindeutig zu kalt.

Außerdem hatte ich damals vor etlichen Jahren diese Erfahrung im Toten Meer schon gemacht. Das Gefühl nicht unter zu gehen, auf dem Wasser zu liegen, zu schweben, nein danke, heute brauchte ich das nicht noch einmal.

Deshalb ließ ich die Schwimmer ihre Erfahrungen machen und ging mir stattdessen die tollen Blumenrabatte vor den Hotels ansehen. Hier standen einige Bäume und Sträucher, deren Namen mir völlig unbekannt waren. Und sie begannen jetzt zu blühen.

Nach dem Wüstenpanorama, das dürr und leblos von den braunen Bergen und Hügeln ringsum heruntersah, kam mir dieses blühende und farbenfrohe Spektakel hier in En Boqeq viel intensiver vor.

Ich setzte mich auf eine Bank an einer windgeschützten Stelle und beschloss die Zeit bis zur Weiterfahrt mit dem nächsten Kapitel aus meinem Buch zu verbringen.

Mir war ganz komisch zu Mute, als ich das Buch nach diesem Kapitel schloss. Es hatte zur Überschrift gehabt „Adam und Eva - Mann und Frau" und ein Satz hatte es mir angetan.

Der Satz: „die Frau solle dem Manne ein wirkliches Gegenüber sein, weil nur ein Mensch den

Menschen vom Alleinsein befreien kann", schwebte wie eine Wolke über mein schwarzes Loch der Trauer.

Er machte mir mit einem Mal wieder das Ausmaß meines Verlustes deutlich und das Nachdenken darüber trieb mir Tränen in die Augen.

Das Tote Meer vor mir versank in einem trüben Schleier.

Mir war ganz elend.

Eigentlich war als Nächstes ein Besuch der Davidquelle im Naturpark von En Gedi vorgesehen, nachdem wir am Toten Meer in En Boqeq aufgebrochen waren.

Aber daraus wurde leider nichts.

Selina Yousuf erklärte uns, dass es in Jerusalem und Umgebung seit mehreren Tagen ununterbrochen geregnet hätte. Seit Tagen würden die Wassermassen aus dem Bergland durch die Wadis hinunterstürzen. Deshalb habe man vorsorglich En Gedi gesperrt, weil da alles unter Wasser stände.

Erst einen ausgewachsenen Sandsturm im Negev, jetzt Wassermassen am Toten Meer. Mal sehen, was das Wetter auf dieser Reise sonst noch für Kapriolen für uns bereithalten würde und die schöne Planung durcheinander brachte.

Also nichts mit En Gedi.

Dafür hatten wir umso länger Zeit für Qumran.

Wieder bekam ich einen dicken Kloß im Hals.

Qumran.

Schon komisch, meine einzige Erinnerung daran von vor über zehn Jahren war die Plattform über den Ausgrabungen, auf der ich damals den Ausführungen des Gottesmannes über den Exodus des Moses aus Ägypten lauschte. Katharina war auch dabei gewesen und die Reiseleiterin aus Israel, an deren Namen ich mich jedoch nicht mehr erinnerte.

Von all den Erläuterungen zu der Ausgrabungsstätte selbst, von dem ganzen Gelände ringsum, von den Höhlen, von Qumran überhaupt, nichts war mir noch präsent.

Deshalb fand ich es ganz angenehm, dass, bevor die Führung ins Gelände begann, in einem Raum eine Filmvorführung in deutscher Sprache stattfand, die uns ein mögliches Szenario der Lebensumstände in Qumran vorführte. Darin gab es einiges an Hintergrundinformation über die Essener, wie sie lebten und arbeiteten und über ihre religiösen Vorstellungen.

Und dann genoss ich die Führung durch Selina Yousuf.

Zum ersten Mal auf dieser Reise machte ich viele Fotos. Angefangen von den kargen Bergen im Hintergrund, in dem die eine oder andere Fundhöhle der Rollen wie eine klaffende Wunde zu sehen war, bis hin zu den Kanälen, die das Wasser über viele Kilometer aus den Bergen in die Siedlung geleitet hatten, um die zahlreichen virtuellen Tauchbäder jederzeit mit reinigendem Wasser zu füllen.

Der Gemeinschaftsaal, in dem so etwas Ähnliches wie Tintenfässer gefunden worden waren, wanderte genauso auf ein Bild wie die Räume, in denen die Rollen aufbewahrt wurden.

Am äußersten Rand der Siedlung umschloss ein Zaun ein weites Areal, in dem an verschiedenen Stellen flache Mulden auszumachen waren. Hier befand sich der Friedhof der ehemaligen Siedlung. Und während die anderen der Reisegruppe schon weitergingen, verweilte ich dort noch für einen kurzen Moment.

Ich stellte mir vor, wie es wohl wäre, hier an einer Ausgrabung teilzunehmen.

Nach dem Rundgang, den ich wirklich genossen hatte, verspürte ich richtig gehend Hunger und gönnte mir ein richtiges Mittagsmenü mit Fleischklößen, Kartoffeln und Erbsen und Möhren als Gemüsebeilage.

Eigentlich stand danach die Weiterfahrt durch das Jordantal in Richtung Tabgha am See Genezareth an. Aber da es noch recht früh war, verlangten einige Teilnehmer, wir sollten doch einen Abstecher nach Jericho einschieben.

Jericho ist palästinensisches Autonomiegebiet der Klasse A.

Bei den nachfolgenden Erklärungen unserer Reiseleitung wurde mir erst wieder einmal bewusst, in welch einem verzwickten Land wir hier unterwegs waren.

Seit der letzten Intifada im Jahr 2000, als es zu blutigen Auseinandersetzungen zwischen Palästinensern und Israelis gekommen war, durften die Israelis die Autonomiegebiete Klasse A der Palästinenser nicht mehr betreten.

Also hätten wir unsere Reiseleiterin Selina Yousuf vor Jericho aus dem Bus werfen müssen.

Außer dieser Klasse A gab es noch Autonomiegebiete der Klasse B und C.

Klasse B ist zum Beispiel das besetzte Westjordanland. Was Klasse C war, ging leider in einem allgemeinen Stimmengewirr um mich herum unter, und ich vergaß dann später auch nachzufragen.

Unsere deutsche Reiseleitung machte kurz darauf das Resultat ihrer Überlegungen bekannt.

Die Alternative zu Jericho würde ein Haltepunkt auf einer Aussichtsplattform im Wadi Quelt sein, mit Blick auf das St. Georgs Kloster.

Und siehe da, die Teilnehmer, die vorher noch gegen irgendwelche Alternativen zu Jericho protestiert hatten, erklärten sich unisono damit einverstanden.

Ich musste still in mich hinein lächeln. Denn obwohl Wunder in diesem Land ja keine Seltenheit sein sollen, wunderte mich diese plötzliche Zustimmung schon.

Wir fuhren also jetzt erst einmal in Richtung Jerusalem.

Irgendwo auf dieser Strecke passierten wir dann ein Schild mit der Aufschrift: „En nabi Mosche". Hier sollten wohl die Gebeine des Mose begraben liegen.

Ich vermutete, dass die Teilnehmer vorne im Bus Selina Yousuf darauf angesprochen hatten, denn sie meldete sich über Mikrofon mit einer, wie ich meine, typischen jüdischen Erzählung. Und die ging so:

Weil die Israeliten auf ihrem Weg durch die Wüste hingingen und von ihrem Glauben an

Jahwe abfielen, dafür aber ein „Goldenes Kalb" verehrten, war ihrer Generation das Betreten des Gelobten Landes verwehrt. So auch dem Mose selbst. Er durfte auf jordanischer Seite, also vom Ostufer des Jordans aus, auf dem Berg Nebo, das verheißene Land noch schauen, bevor er dort verstarb. Den Jordan überschreiten durfte er nicht. Also die berechtigte Frage: Wie kommen dessen Knochen hierher?

Gott hatte dem Mose zwar verboten, den Jordan zu überschreiten, seine Gebeine sind aber unter den Jordan durch ins Gelobte Land gelangt.

Alle amüsierte diese Geschichte und für mich war das ein weiteres Beispiel dafür, wie man Gottes Wort befolgen aber doch so auslegen kann, das man sein eigenes Ziel erreicht.

Auf dieser Israelreise sollten noch mehrere solcher Anekdoten folgen.

Eine sehr kurvenreiche Strecke führte uns hinein in das Wadi Quelt.

Der Himmel hatte sich mittlerweile unisono grau in grau gefärbt.

Als der Bus auf einem Parkplatz hielt, erwartete uns beim Aussteigen ein stürmischer Wind, der ganz schön an einem herumzerrte. Außerdem war es unangenehm kalt.

Ein schmaler Pfad, der zirka zweihundert Meter stetig bergan ging, führte uns auf eine kleine Aussichtsplattform.

Trotz des düsteren Himmels war der Blick von hier hinunter in das Wadi Quelt atemberaubend schön. Wir sahen direkt hinunter auf das Stankt Georgs Kloster, das wie ein Adlerhorst in den Felsen uns gegenüber hing.

Aber ich war nach einem kurzen Blick hinunter sofort abgelenkt.

Diese Aussichtsplattform war nur mangelhaft abgesichert. Eiserne Pfosten zwischen denen überwiegend die Ketten fehlten oder zerbrochen herunter hingen, begrenzten die Plattform zum Wadi hin. Gut einen halben Meter dahinter ging es dreihundert Meter steil in das Tal hinab.

Und ich bekam wieder diese Höhenangst, so dass ich mich nicht traute, näher als einen Meter vor der gedachten Absperrung hinzutreten.

Alle meine Begleiter begannen natürlich zu fotografieren und drängten dafür nach vorne in die vorderste Reihe.

Selbst das verursachte mit Panik und ich konnte gar nicht mehr hinsehen.

Diese Art von Höhenangst hatte ich doch früher nicht und ich fragte mich, ob so etwas mit dem

Alter kommt oder zunimmt.

Ich war jedenfalls froh, nachdem alle ihre Foto-session beendet hatten, sich von der Kante zu-rückzogen und sich eine Sitzgelegenheit auf ei-nem Felsbrocken oder ein Stück flachen Stein-boden suchten.

Eine Teilnehmerin las dann aus dem Neuen Tes-tament das Gleichnis vom „Barmherzigen Sa-mariter" vor. Diese Geschichte, wenn sie denn wahr ist, soll sich hier im Wadi Quelt abgespielt haben.

Da auch während der Lesung der eine oder an-dere noch ein Foto machen musste und dabei ziemlich nahe am Abgrund herumturnte, konn-te ich der Vorlesung kaum Aufmerksamkeit schenken, und hörte aus Angst, dass jemand abstürzt, überhaupt nicht mehr hin.

Barmherzig war dann, dass es zu regnen be-gann und wir uns alle deshalb schnell wieder in Richtung Bus begaben.

Wieder so eine Führung?

So ein Quatsch, dachte ich, Regen doch nicht wegen mir. Man sollte nicht seine Ziel in Gottes Fügung hinein interpretieren.

Aber auf jeden Fall war ich dem Wettergott für das Nass von oben gehörig dankbar.

Allein als ich im Bus mir die Bilder ansah, die ich fotografiert hatte, bekam ich wieder ein flaues Gefühl im Magen.

Wir fuhren jetzt durch das Jordantal nach Tabgha an den See Genezareth, wo wir für die nächsten fünf Nächte unser Quartier im Pilgerhaus des Vereins für die das Heilige Land aufschlagen würden.

Und es regnete.

Und regnete.

Und regnete.

Mal mehr, mal weniger.

Einige Mitreisende vor mir im Bus hatten ihre Reiseführer und Landkarten zur Hand genommen und diskutieren darüber, ob es auf unserer derzeitigen Fahrroute nicht möglich wäre, irgendwo direkt an den Jordan zu kommen.

Die Landschaft vor unseren Fenstern hatte sich drastisch verändert.

Die Berge waren regenverhangen in die Ferne gerückt. Zum Jordan hin, dessen Verlauf man nur erahnen konnte, tauchten immer wieder große Treibhäuser und weite Palmenhaine auf. Ab und zu fuhren wir direkt an einem doppelten sogar teilweise dreifachen Zaun vorbei, der eine Sicherheitszone zur jordanischen Grenze hin bildete.

Auf der anderen Seite der Fahrbahn war der steinigen Boden mit einem leichten Grün überzogen, in dem Tausende von kleinen rosafarbenen Blümchen aufgegangen waren.

Dann pausierte der Regen für eine kurze Strecke und über dem Jordantal erschien ein riesengroßer Regenbogen. Ich konnte mich nicht erinnern, einen Regenbogen jemals mit so intensiven Farben gesehen zu haben.

Als wir an einem Coffee-Shop eine kurze Rast einlegten, regnete es wieder in Strömen.

Ich fand die Formulierung nett, mit der Selina Yousuf uns in die Pause schickte: „Fünfzehn Minuten Zeit für Coffee-in und Coffee-out."

Es war ungemütlich kalt und nass unter dem Wellblechdach, das an vielen Stellen Löcher hatte, um sich lange aufzuhalten. Wenigsten war der Kaffee heiß und schmeckte, und das Blätterteigteilchen, das ich mir dazu geleistet hatte, war noch warm und mit einer herzhaften Füllung versehen.

Auf der Weiterfahrt, je näher wir Tiberias am See Genezareth kamen, verwandelte sich die Landschaft in ein saftiges Grün. Endlose Wiesen mit vielen gelben Blumen zogen an uns vorbei. Dann tauchten immer mehr Kühe auf und man fühlte sich fast ins Allgäu oder nach Österreich versetzt, denn es war immer noch sehr hügelig und links von uns konnte man in der Ferne noch die Bergketten ausmachen.

Auf der Jordanseite sah ich plötzlich einen kleinen Hügel und darauf ein gelbes undefinierbares Gebäude auf dem die jordanische Flagge wehte.

Und dann ein Stück Fluss.

„Da ist der Jordan!"

Kaum hatte jemand diesen Ausruf gemacht, stürzte alles auf die rechte Busseite und begann wie wild zu fotografieren. Sekunden nur und der freie Blick auf den Jordan war wieder vorbei.

Auf den folgenden Kilometern gab es von der Straße keinen Abzweig, der in Richtung Jordan ging. Da mussten die Teilnehmer, die unbedingt heute noch an den Jordan wollten, wohl oder übel eben noch warten.

Inshallah!

Aber schließlich standen die Jordanquellen in Banias ja auf unserem weiteren Reiseplan.

Ich nahm das Ganze eher gelassen und wunderte mich.

Ich wunderte mich über mich selbst, weil mir

hier und jetzt urplötzlich der Gedanke kam, dass ich diese Reise ja genoss. Und zwar so wie sie war. Mit allen Unabwägbarkeiten, die das Wetter uns bisher bescherte.

Der Sonnentag im Negev hatte mir das Herz erwärmt.

Der Windtag auf Masada hatte mein Gehirn von allem möglichen Ballast freigepustet.

Und heute dieser Regentag wusch die letzten Zweifel am Sinn dieser Reise einfach in den Jordan.

Und während es hinter Tiberias am See zwar weniger regnete, dafür das Wetter uns aber eine breite Farbpalette von Grautönen bot, dachte ich an Katharina. Zum ersten Mal seit langer, langer Zeit konnte ich an sie denken, ohne gleich wieder den Verlust zu spüren.

Vielleicht war ja das eine Reaktion, den meine Psychotante durch diese Reise für mich erhofft hatte. Und während ich noch darüber nach-dachte, erreichten wir das Pilgerhaus in Tabgha.

Das erste, was mir dann einfiel, war: fünf Nächte im Paradies.

Ja, das klang zwar kitschig, aber genauso kam mir Tabgha vor. Es war einfach ein traumhaftes

Ambiente und ein Traum von einem Zimmer.

Und das direkt am Ufer des Sees Genezareth.

Obwohl es leicht nieselte, bin ich sofort, nachdem ich meine Koffer im Zimmer verstaut hatte, die paar Schritte und die wenigen Stufen zum Seeufer gegangen.

Das war aber nicht das Tabgha meiner Erinnerung.

Überhaupt war meine einzige Erinnerung an Tabgha, dass wir ganz in der Nähe der Kirche der Brotvermehrung am See gesessen hatten. Das und die Erinnerung an die Blicke Katharinas, die mir heute noch einen Schauer über den Rücken laufen ließen.

Der immer noch leise Nieselregen legte sich wie ein Film über Haare und Gesicht.

Ich starrte auf die leichten Wellen, die auf und ab zu meinen Füßen über die Steine rollten. Ich meinte mich zu erinnern, dass auch damals das Auf und Ab der Wellen mich in eine Art Trance versetzt hatte.

Aber damals war es wärmer gewesen, und als jetzt ein Frösteln mich überlief, wandte ich dem See abrupt den Rücken zu und verschwand in die Wärme meines Zimmers.

Und hier hatte mich die Wirklichkeit sofort zurück.

Zuerst einmal packte ich Teile meines Koffers aus und sortierte den Rest neu.

Dann galt es eine heiße Dusche zu nehmen, um wieder aufzutauen.

Das Abendessen mit Buffet fand in einem wunderschönen Raum im Hauptgebäude statt, mit aufwändig gedeckten Tischen und Stoffservietten. Zum Essen gab es für mich Fischfilet mit Blätterteigpüree und Zucchinigemüse. Ich trank zwei Glas Rotwein dazu und fühlte mich nicht nur davon behaglich satt und müde.

Nachher saßen wir mit allen Teilnehmern zusammen in einem gemütlichen Raum, der als „Café" ausgewiesen war, und unterhielten uns ganz zwanglos.

Als ich gegen Mitternacht mein Zimmer zum Schlafen aufsuchte, hatte sich der Eindruck vom „Paradies" in mir sich noch verstärkt.

Da passte es ganz gut, mich vor dem Einschlafen noch mit meinem Buch und dem Kapitel „Kain und Abel" zu beschäftigen.

5.   Akko

Auch das Paradies hatte so seine Fehler.

Das Bettzeug war einfach zu kurz. Laufend war ich in der Nacht wach geworden, weil mir entweder die Schultern oder die Füßen kalt geworden war, da das Oberbett mich mal oben oder mal unten nicht bedeckte.

Außerdem rutschte ich mit dem Kissen immer wieder auf die Ablage am Kopfende und stieß gegen die dort stehende Lampe.

Die nächste Nacht nehme ich das andere Bett, beschloss ich, da würde ich zumindest keine Probleme mit der Ablage bekommen, denn da war keine.

Dadurch, dass ich so oft wach geworden war, hatte ich die ganze Nacht draußen den Regen gehört. Jedenfalls kam es mir so vor.

Und ich hatte an alles gedacht, nur nicht daran einen Regenschirm einzupacken und mitzunehmen.

Um 7.30 Uhr war für unsere Reisegruppe eine kurze Morgenmeditation in einem kleinen sehr schönen Raum angesetzt, der als Kapelle diente. Texte und Gesang passten gut zu dem trüben, grauen Morgen und ließen trotz des Wetters auf einen angenehmen Tag hoffen.

Danach gab es Frühstück und die verbleibende Zeit bis zur Abfahrt des Busses nutzte ich dazu, schnell in meinem Zimmer die Betten zu tauschen, damit ich dieses Problem wenigstens aus dem Kopf hatte.

Das Umstellen der Betten war einfacher, als nur in das andere Bett zu wechseln. Was sollte der Zimmerservice sonst auch denken, wenn abwechselnd beide Betten benutzt wurden, obwohl nur eine Person in dem Zimmer gebucht war.

Ja, die Etikette, ging es mit durch den Kopf, sie hängt öfters wie ein Ballast an einen und verleitet zu ganz außergewöhnlichen Aktivitäten.

Um 9.00 Uhr war dann Abfahrt nach.......

Selina Yousuf sagte uns den Namen der Stadt in drei verschiedenen Variationen.

„Safed" für diejenigen, die die arabische Schreibweise bevorzugten. „Zefat" würde denen zusagen, die es gerne in Deutsch hätten. Für alle, die in Israel etwas Hebräisch lernen wollten, hieß die Stadt „Zfat".

Eigentlich waren heute ja die Jordanquellen in Banias und die Golanhöhen vorgesehen, aber bei dem Wetter hatte die Reiseleitung beschlossen, unseren ursprünglich geplanten Reiseverlauf abzuändern.

Auf dem Golan sollte es gestern sogar geschneit haben.

Da in den nächsten Tagen aber besseres Wetter angesagt war, hatte ich gegen diese Programmänderung nichts einzuwenden. Vielleicht ergab sich ja auch die Möglichkeit, in Zfat oder in Akko einen Schirm zu kaufen, jedenfalls eher als an den Jordanquellen.

Wie ich mich damit grundlegend irren sollte, dazu später.

Der Bus schlängelte sich durch sehr enge Gassen bergauf bis auf einen schmalen Parkplatz, der nur deshalb entstanden war, weil hier ein oder mehrere Häuser abgebrochen wurden.

Zfat schlief noch oder es war einfach zu nass.

Am Rande des Parkplatzes gab es noch Überreste von Mauern und über diese Ruinen hinweg genoss man einen herrlichen Ausblick auf das galiläische Bergland. Denn genau in dem Augenblick, als wir den Bus verließen, hörte es schlagartig auf zu regnen und die Sonne brach durch die dicken grauen Wolken hindurch.

Wir gingen durch eine überdachte Gasse zur Joseph-Karo-Synagoge.

Künstlergasse konnte man diese Straße beschreiben. Gemäldegalerien, Kunstschmieden, Textilgeschäfte und Schmuckhandwerk lagen hier in winzigen Läden nebeneinander. Die meisten hatten noch geschlossen.

Ein kleiner Junge mit Schläfenlocken und Kippa hielt in einem Durchgang sein Dreirad an und starrte uns mit großen dunklen Augen entgegen.

Als wir die Synagoge betraten, erkannte ich sie sofort wieder. Hier hatte ich vor mehr als einem Jahrzehnt zur Unterstützung der Renovierungsarbeiten eine bunt bestickte Kippa gekauft.

Da Zfat und diese Synagoge nichts mit dem Propheten Amos zu tun hatten, war sie auch nicht in meinem Roman aufgetaucht. Ja, alles, was nicht unmittelbar mit meinen Träumen um Amos zu tun hatte, hatte ich anscheinend verdrängt.

Doch die Erinnerung an diese Synagoge war jetzt wieder da.

Und eine andere Erinnerung kam dazu, die Erinnerung an eine weniger komische Situation damals. Und wie damals wurde auch jetzt der Toraschrein für uns geöffnet.

Während wir davor standen und die prachtvollen Umhänge der Torarollen bewunderten, während Selina Yousuf uns einiges zu den unterschiedlichen Richtungen im Judentum, über Orthodoxe, Ultraorthodoxe, Liberale und Kabbalisten erklärte, tauchte vor meinem geistigen Auge das Szenario von damals auf.

Wir standen auch vor diesem Schrein. Eine andere Gruppe zwar, aber genau in dieser Situation. Ich wusste nicht mehr, welche Erläuterungen wir damals von der Reiseleitung erhalten hatten, nur dass eine leise Stimme schräg hinter mir, mir zugeflüstert hatte:

„Nimm die verdammte Kippa ab, damit siehst du bescheuert aus."

Es war die Stimme, die später in dem gleichen Flüsterton mir ein „ich liebe dich" zuraunen sollte.

Die Stimme Katharinas.

Und ich drehte mich auch jetzt ganz langsam um, sekundenlang von der wahnsinnigen Vorstellung gefangen, sie könnte auch heute hinter mir stehen.

Im Umdrehen fasste ich an meinen Hinterkopf, um wie damals die Kippa abzunehmen. Doch da war nichts, wie denn auch. Weder eine Kippa auf dem Kopf noch eine Katharina hinter mir.

Vor Enttäuschung schossen mir Tränen in die Augen, die ich schnell und unbemerkt abzuwischen versuchte. Zum Glück brachen wir genau in diesem Moment auf und verließen nach einem kurzen Rundgang die Joseph-Karo-Synagoge.

Und draußen regnete es wieder und ich hatte immer noch keinen Schirm.

Über eine schmale, aufgerissene Steintreppe ging es weiter in die verwinkelten Gassen von Zfat hinein zum Besuch einer weiteren Synagoge, der Ari-Aschkenasim-Synagoge.

Hinter einer großen Glaswand gab es in dieser Synagoge ein riesiges Bücherregal.

Selina Yousuf erklärte uns dazu, dass in diesem Regal alle alten, nicht mehr benutzen Bücher aufbewahrt wurden. Ein sogenannter Bücherfriedhof. Sie erzählte uns hier auch einiges zur jüdischen Mystik und zur Auslegung bestimmter jüdischer Gesetzesvorschriften.

An dieser Stelle fiel mir nicht zum ersten Mal ein Manko einer solchen Studienreise auf. Man besucht so viele interessante Orte und bekam eine Fülle von Informationen, doch leider erdrückte einen die Masse an Eindrücken so sehr, dass vieles, was man gerade gehört hatte, schön im nächsten Augenblick wieder vergessen war; oder vielmehr wurde das Gehörte von ständig neuen Impulse überlagert oder verdrängt.

So erging es mir auch hier in der Ari-Aschkenasim-Synagoge.

Ob es die spannenden Ausführungen Selinas zu den Kabbalisten waren oder die Handhabung eines Sabbatgebotes, als wir kurze Zeit später wieder draußen in den engen Gassen Zfats standen, wusste ich zwar noch, was Selina Yousuf uns im Groben versucht hatte zu erklären, aber die Einzelheiten waren schon wieder verschwunden.

Die deutsche Reiseleitung gab uns jetzt eine Stunde Gelegenheit, durch die Künstlerpassagen zu shoppen. Obwohl aus dem Regen ein feines Nieseln geworden war, fühlte ich mich nass und kalt. Ich nutzte daher die Gelegenheit in ein Café zu verschwinden, um mich bei einem heißen Cappuccino aufzuwärmen und dabei in meinem Buch weiterzulesen, das natürlich in meinem Rucksack neben einer Wasserflasche seinen angestammten Platz hatte.

Wo blieb nur die Zeit?

Die Stunde zum Verweilen war im Nu vergangen.

Die gerade gelesene Geschichte hatte mich

sehr nachdenklich gemacht.

Je mehr ich dieses Buch las, je faszinierter wurde ich von den Hintergründen, die einem darin aufgetan wurden und die Fülle an Hintergrundwissen, die manches in einem völlig anderen Licht erscheinen ließen.

Als ich auf die enge Gasse hinaustrat, stieß die Sonne durch eine dicke Wolkendecke und wärmte angenehm.

Im Bus tauschen die Reiseteilnehmer Informationen über ihre beim Shopping getätigten Schnäppchen aus und erzählten die eine oder andere Anekdote aus den Künstlergassen von Zfat, die sie während des kurzen Aufenthalts erlebt hatten.

Ich musste doch schmunzeln, was da so alles erzählt wurde.

Kurz vor Mittag gelangten wir dann in die „Kreuzfahrerstadt" Akko.

Der Bus brachte uns durch die Altstadt direkt bis in den Hafen. Das Mittelmeer präsentierte sich schon vom Busparkplatz aus wie ein riesiger Schaumteppich und die Wellen, die auf die alten Befestigungsanlagen des Hafens aufliefen, waren gut und gerne zwei bis drei Meter hoch. Viele Wellen gingen, getrieben von heftigen Windböen, als Gichtfontäne bis auf die

Straße nieder.

Hier in Akko war zunächst Mittagspause mit Mittagessen angesagt.

Selina Yousuf führte uns vom Parkplatz am Meer kurz über die Straße in ein arabisches Restaurant. Wir suchten uns im ersten Stock jeder ein Plätzchen und hatten einen fantastischen Ausblick auf das Meer mit seinem bewegten Wellenteppich.

In diesem arabischen Restaurant gab es eine hebräische Speisekarte, die niemand verstand oder lesen konnte.

Arabisches Restaurant und hebräische Speisekarte?

Selina Yousuf lieferte uns die Erklärung. Ein Drittel der Bevölkerung von Akko sind israelische Araber. Außerdem ist Akko Selina Yousufs Heimatstadt. Sofort würde sie von allen Seiten mit Fragen bedrängt.

Ob sie hier verheiratet sei?

Ob sie Kinder habe?

Was der Unterschied sei zwischen israelischen Arabern und Palästinenser?

Wie das Verhältnis der israelischen Araber zu anderen Bevölkerungsteilen wie Israelis oder Palästinenser sei?

Wieso es in diesem arabischen Restaurant eine Speisekarte nur in hebräischer Sprache gäbe und nicht auch in Arabisch?

Selina Yousuf wehrte alle die Fragen zunächst mit einem Lächeln ab. Sie meinte, das Wichtigste sei jetzt, erst einmal die Bestellung aufzugeben. Sie las uns die Speisekarte vor, beziehungsweise übersetzte uns, was man hier so alles bestellen konnte. Dann nahm sie, geübt wie eine Kellnerin, die Bestellung von jedem Einzelnen auf, um sie an das wartende Personal weiterzugeben. Zum Schluss vertröstete sie uns mit den Antworten auf alle Fragen auf die Rückfahrt. Im Bus wollte sie uns das Eine oder das Andere gerne erzählen.

Da es heute Abend in Tabgha warmes Essen gab, hatte ich mich zum Mittagessen für einen Thunfischsalat entschieden.

Oh Gott, eine Riesenschüssel wurde da vor mir hingestellt und dazu ein schräg eingeschnittenes warmes Brot, so groß wie ein halbes französisches Baguette. Meine erste Reaktion war, wer soll das alles essen? Von dem Vitaminschock ganz zu schweigen. Da gab es Tomaten- und Gurkenscheiben, Zucchiniwürfel, Olivenscheibchen, Rotkohlschnipsel, grüne Salatblätter und Paprikastreifen. Das Ganze war mit einem gelblichen Salatdressing übergossen und durchsetzt mit Thunfischstückchen.

Dieser Salat war sehr, sehr lecker, aber ich schaffte nur die Hälfte und dazu zwei Drittel von dem warmen würzigen Brot.

Und dann machte ich den ersten Fehler an diesem Tag. Ich bestellte zum Nachtisch einen arabischen Café.

Als mir die Minitasse serviert wurde, waren mit einem Mal alle Tischnachbarn und Gespräche um mich herum wie ausgeblendet. Schlagartig tauchte eine Szene vor mir auf, die sich auf der damaligen Israelreise ereignet hatte. Auch damals hatten wir mit der Reisegruppe irgendwo an Tischen zusammen gesessen.

Und neben mir saß Katharina.

Die Erlebnisse und Eindrücke der letzten Tage hatten die Gedanken an sie verdrängt. Jetzt sah ich sie wieder vor mir wie sie neben mir saß.

Ich versuchte mich zu erinnern, wo wir gewesen waren, in welchem Ort. Aber nur die Ereignisse aus der Amoszeit waren mir wie frisch im Gedächtnis.

Ich konnte mich aber tatsächlich noch an das Kleid erinnern, das sie getragen hatte. Es war draußen warm gewesen, auch das wusste ich noch. Und wir waren im Aufbruch wie auch jetzt, wo die ersten begannen zu bezahlen.

Ich hatte die kleine Tasse mit dem heißen aromatischen Kaffee hochgehoben, um ihn genüsslich zu schlürfen, als mein Nachbar sich umdrehte, um seine Geldbörse aus der Tasche zu ziehen und mir dabei einen Stoß versetzte. Arabischer Kaffee nebst Tasse flogen aus meiner Hand, um im hohen Bogen auf Katharinas Kleid zu landen.

Verdammt, das war eine peinliche Situation gewesen. Bei der Erinnerung daran, bekam ich auch jetzt noch einen roten Kopf. Ich fühlte jedenfalls, wie es mir auch jetzt wieder heiß wurde. Komischerweise fiel mir nicht mehr ein, wie die Szene dann ausging.

Ich sah nur Katharina.

Auch jetzt.

Und ein dicker Kloß schien sich in meinem Hals festzusetzen.

Aber schlimmer noch, ich wollte plötzlich nur noch allein sein. Wollte ungestört meinen Erinnerungen nachhängen.

Was interessierte mich noch Akko?

Ich stürzte mit einem Mal den Schluck arabischen Kaffee hinunter und verbrannte mir höllisch die Zunge und den Gaumen.

Der Schmerz und der allgemeine Aufbruch unserer Reisegruppe halfen mir, in die Wirklichkeit zurückzufinden. Als Nachgeschmack blieben aber die unangenehmen Nachwirkungen auf Zunge und Gaumen und die Erinnerung an meine Frau in ihrem bunten, kaffeegetränkten Sommerkleid.

Wir eilten durch die Basare der Altstadt von Akko mit dem Ziel der so genannten „Rittersäle".

Rittersäle?

Was sollte ich mir denn darunter vorstellen?

Akko wurde als letzter Stützpunkt am Mittelmeer von den Kreuzfahrern gegründet, befestigt und in vier Vierteln aufgeteilt. Es gab jeweils ein Viertel für die seefahrenden Städte der Venezianer und Genuesen. Die beiden anderen Viertel gehörten den Tempelrittern und den Johannitern. Als im zwölften Jahrhundert die Mameluken die Kreuzfahrer aus Akko vertrieben, hatten sie die Stadt nicht zerstört und dem Erdboden gleichgemacht. Aber weil sie keine Verwendung für diese befestigte Stadt und den Hafen mehr hatten, wurden die Gebäude, die Quartiere und Rittersäle, einfach mit Erde und Geröll aus dem umliegenden Land zugeschüttet und verfüllt .

Irgendwann, die genaue Jahreszahl hatte ich leider nicht mitbekommen, haben die Osmanen auf diesem riesigen Schuttberg wieder eine befestigte Anlage mit Burg, Hafen und Altstadt oben drauf neu errichtet.

Und dann erzählte uns Selina Yousuf die Anekdote, wie die britische Besatzung in den dreißiger Jahren des vorigen Jahrhunderts diese Stadt unter der Stadt wiederentdeckte.

Die Briten hatten in der Befestigungsanlage von Akko ein Gefängnis eingerichtet. Einer der Inhaftierten versuchte durch einen Tunnel, den er in dem Boden seiner Zelle aushob, in die Freiheit zu gelangen. Stattdessen landete er in die unterirdischen Säle der Kreuzritter.

Die Briten verlegten daraufhin das Gefängnis.

Aber erst vor zirka zwanzig Jahren begann man den ganzen Schutt aus den alten Gemäuern, die praktisch im Keller der Stadt lagen, wieder auszuräumen, um die alten Räume und Säle aus der Kreuzritterzeit wieder frei zulegen.

Und dann stiegen wir hinab, in riesige Räume, Krypten und Refektorien.

In manchen standen noch Gerüste, da alle Räume restauriert und mit den ursprünglich vorhandenen Sandsteinverkleidungen ausgestattet wurden. Viele Säle mussten durch zusätzliche Betonsäulen ausgestattet werden, um die alten Deckengewölbe abzufangen und zu stabilisieren.

Hier unten herrschte eine Grabesstille und wir waren alle über die gewaltigen Ausmaße der Räume beeindruckt. Laute Stimmen erzeugten außerdem einen dumpfen Hall.

Am Ende dieses unterirdischen Komplexes führte eine schmale Metalltreppe auf einen Ausgang zu, der mitten in einem arabischen Souvenirgeschäft endete.

Als ich von dort auf die schmale Gasse trat, holte ich erst einmal tief Luft. Die unterirdischen Gemäuer hatten doch etwas Beklemmendes gehabt.

Eine kurze Strecke zu Fuß führte uns in einen wunderschönen weiten Innenhof in dessen Mitte die Al-Jazard Moschee lag. Sie ist uralt und ihre Restaurierung erst vor ein paar Jahren fertiggestellt worden. Im Innern sah sie sehr schlicht, aber ansprechend aus. Der riesige Raum, mit roten Teppichen ausgelegt, war von vielen Fenstern Licht durchflutet.

Ich setzte mich mitten unter die große Kuppel, während die meisten der Reisegruppe umhergingen und fotografierten. Hier im Zentrum der Moschee strahlte der Raum eine grandiosen Stille und Ruhe aus.

Wenn ich noch beten könnte, wäre das so ein Ort und Augenblick gewesen, wo man tief in sein Gebet hätte versinken können.

So saß ich nur da und folgte mit meinen Augen dem blauen Band der kunstvollen arabischen Schriftzeichen, das sich rundherum in mehreren Ebenen um den gesamten Raum wand.

Am Ausgang wartete Selina Yousuf, bis alle die Moschee verlassen hatten.

Ich nutzte die Gelegenheit sie zu fragen, was diese Schriftzeichen zu bedeuten hätten. Sie antwortete mir, dass es sich um Sprüche aus dem Koran handeln würde.

Die Rückfahrt nach Tabgha verlief ereignislos und ruhig. Alle schienen müde zu sein und wenig aufnahmefähig für Weiteres.

Als wir am See ankamen, machte ich den zweiten Fehler an diesem Tag.

Da noch genügend Zeit bis zum Abendessen blieb, beeilte ich mich aus dem Bus zu kommen, um noch ein wenig in meinem Buch lesen zu können.

Und wenn man es eilig hat und nicht so genau

Acht gibt, passiert eben das eine oder andere Missgeschick. So bewegte ich mich zu hektisch beim Aussteigen aus dem Bus und achtete nicht darauf, wo ich hintrat. Prompt landete ich beim Aussteigen auf der Bordsteinkante und knickte mir das Sprunggelenk um.

Ein höllischer Schmerz trieb mir die Tränen in die Augen und einen Moment lang glaubte ich, nicht mehr auftreten zu können.

Jede Hilfe ablehnend humpelte ich so gut es eben ging auf mein Zimmer und warf mich auf mein Bett.

Neben dem schmerzhaften Pochen im Fuß kam noch eine Riesenwut auf mich selbst, so schlecht aufgepasst zu haben. Ich zog Schuh und Stumpf aus und begann mit einem nassen Handtuch das Fußgelenk zu kühlen.

Und während draußen der Regen wieder einsetzte, lag ich auf meinem Bett und vertrieb mir die restliche Zeit bis zum Abendessen mit dem, was ich sowieso vorgehabt hatte, nämlich in meinem Buch weiter zu lesen.

Ich hatte mein Lesen mehrmals unterbrochen, war ins Badezimmer gehumpelt und hatte das Handtuch mit kaltem Wasser ausgespült, um damit den kühlen Umschlag zu erneuern.

Mein Fußgelenk war zwar um einiges angeschwollen, aber ich konnte von Mal zu Mal besser auftreten und auch der Schmerz hielt sich in Grenzen. Aber gegen die Schmerzen hatte ich etwas.

Kurz vor dem Abendessen nahm ich dann auch eine Schmerztablette und schaffte die Strecke bis zum Speiseraum fast ohne zu humpeln.

Dann drehte sich auch schon alles um das Essen.

Ich war froh darum, von denen, die meinen Fehltritt mitbekommen hatten, nicht darauf angesprochen zu werden. Es war mir nämlich irgendwie peinlich, dass ich mich so ungeschickt angestellt hatte.

Und Mitleid wollte ich nicht.

Nach der Vitaminkur von heute Mittag gab es jetzt eine Tomatensuppe, Rindfleisch mit Rosmarinkartoffeln und Rosenkohl. Zum Nachtisch als Krönung gönnte ich mir noch Götterspeise mit Himbeergeschmack.

Alles war sagenhaft lecker und zusammen mit zwei Glas Rotwein erzeugte das üppige Mahl ein wohliges Gefühl der Sättigung und auch ein gewisses Maß an Müdigkeit.

Da kam die Aufforderung, uns gegen 20.00 Uhr mit der gesamten Reisegruppe für eine Zwischenbilanz noch zusammenzusetzen, mir überhaupt nicht recht.

Nein, wenn, dann ohne mich.

Ich hatte mich sofort bei der Reiseleitung abgemeldet, mit dem Hinweis auf meinen angeschlagenen Knöchel, den ich unbedingt hochlegen wollte.

Bevor mich jemand sonst in ein Gespräch verwickeln konnte, war ich auch schon auf mein Zimmer gehumpelt. Und als ich es mir auf meinem Bett bequem gemacht hatte, natürlich wieder mit einem kalten Umschlag um meinen Knöchel, merkte ich erst recht, wie müde ich war.

Noch ein bisschen lesen, dann duschen und ins Bett, war so die Vorstellung meines restlichen Abendprogramms.

Als ich wach wurde, war es mir kalt. Das Licht brannte noch und mein Buch lag neben mir.

Meine Uhr zeigte eine Viertelstunde vor Mitternacht. Irgendwann während meiner Lektüre musste ich wohl eingeschlafen sein.

Ich zog mir schnell den Schlafanzug an und kroch unter die Bettdecke. Dann löschte ich das Licht. Morgen ging es schon um Viertel vor sieben los.

Und draußen regnete es wieder.

6. Nazareth

Ich hatte verschlafen.

Nach dem Duschen war es zu spät für die Morgenmeditation.

Die kurze Zeitspanne bis zum Frühstück nutzte ich dazu, in den Tiefen meines Koffers eine elastische Binde zu suchen. Irgendein kluger Gedanke vor der Reise hatte mich sie einpacken lassen. Das Fußgelenk war zwar kaum noch geschwollen, aber mit dem elastischen Verband darum konnte ich mich viel sicherer bewegen.

Alles in allem schaffte ich es gerade noch so um 7.00 Uhr zum Frühstück pünktlich zu sein.

Alle in der Reisegruppe wollten wissen, wie es mir ginge. Richtig rührend fand ich die vielen Ratschläge und Hilfsangebote. Fast wurde mir das Ganze peinlich, denn so krank und verletzt fühlte ich mich gar nicht.

Aber die Anteilnahme tat mir ganz gut, muss ich gestehen.

Um 7.45 Uhr war Aufbruch mit dem Bus zum Kibbuz Nof Ginnosar, das direkt am See Genezareth liegt.

Dort angekommen führte uns Selina Yousuf

durch das Besucherzentrum hinaus auf einen Steg und auf ein nachgebautes Boot aus der Zeit Jesus.

Hier in Nof Ginnosar hatte man im Schlick am Ufer des Sees so ein Fischerboot aus der Zeit Jesus geborgen, präpariert und nachgebaut. Ein halbes Dutzend dieser Boote schipperten jetzt Touristen über den See, um ihnen ein Gefühl dafür zu vermitteln, wie man damals vor zweitausend Jahre unterwegs war natürlich ohne Motorantrieb.

In den Evangelien, so erklärte Selina Yousuf, wurde die Benutzung von Fischerbooten vielfach angeführt und sie las uns ein paar Stellen dazu vor.

Seit der Abfahrt in Tabgha war der Himmel grau und wolkenverhangen und es war kalt.

Ich hatte mir deshalb alle möglichen Kleidungsstücke übereinander angezogen. Darüber war ich jetzt ganz froh, als wir auf dem Boot auf den See hinaustuckerten.

In Höhe der Kirche der Brotvermehrung kam die Sonne dann aber durch die Wolkendecke. Der Anblick der sich gebündelt im See spiegelnden Sonnenstrahlen und ihr grelles Glitzern war nicht nur ein tolles Naturschauspiel, sondern vermittelte einem auch ein Gefühl von

Wärme. Teile des Sees waren in ein gleißendes Gold getauscht.

Dazu die Ufer, die der galiläische Frühling in ein sattes Grün gekleidet hatte und im Hintergrund die Berge, auf denen zum Teil noch Schnee zu entdecken war.

Von einer Teilnehmerin wurde uns die Stelle aus dem Evangelium vorgelesen, in der Jesus in ein Boot steigt und die Menge am Ufer von dort unterweist. Für viele war das, wie ich aus den Gesprächen danach entnehmen konnte, etwas Ergreifendes. Und ich konnte mich da nicht ausnehmen. Es war, als würde man die Geschichte selbst einmal erleben.

Und während der Motor weiter tuckerte, herrschte in der Reisegruppe eine fast andächtige Ruhe. Jeder war mit seinen Gedanken bei dieser Erzählung.

Dann stellte der Schiffsführer den Motor ab und ließ das Boot treiben.

Die Stille war überwältigend.

Selina Yousuf bat uns die Plastikstühle in der Mitte des Bootes zur Seite zu räumen und machte den Vorschlag, mit uns gemeinsam Hora, den israelischen Volkstanz einzuüben. Sie stellte über die Bordlautsprecher eine CD mit israelischen Liedern an und zeigte uns die

Schritte des Tanzes.

Ich musste nicht mit ran, dank meines lädierten Fußgelenkes.

Aber den anderen machte das durchaus Spaß. Besonders wenn das nicht ganz so funktionierte mit den Schrittfolgen und der Kreis aus Tanzenden sich in einem heillosen Durcheinander wiederfand.

Mittlerweile schien kräftig die Sonne und die Wolken verzogen sich mehr und mehr in Richtung Bergland. Und das Besondere war dann, dass es den ganzen Tag warm und sonnig bleiben sollte.

Ich glaube, wir bedauerten alle, als die Bootsfahrt zu Ende war.

Von Nof Ginnosar machten wir uns auf den Weg nach Nazareth.

Gestern Abend hatte ich meinen Stift leer geschrieben, und auch das Heft würde nicht reichen, wenn ich weiterhin mein ausführliches Reisetagebuch schreiben wollte. Vielleicht, so hoffte ich, gab es ja in Nazareth die Möglichkeit, mir Ersatz zu besorgen.

Ach ja, und einen Schirm. Denn um den hatte ich mich immer noch nicht bemüht.

Unterwegs im Bus erzählte uns Selina Yousuf

sehr viel über die Landschaft Galiläas, durch die wir unterwegs waren. Sie benannte uns Gebirgszüge und Orte von Obergaliläa und an einer Straßenkreuzung als wir an einer Ampel hielten, zeigte sie uns einen Fußweg unten im Tal, der sich bis zum See Genezareth hinzieht.

Diesen Weg durch das Taubental wird vermutlich Jesus benutzt haben, als er von Nazareth hinunter an den See ging nach Kefar Nahum, besser bekannt unter dem Namen Karphanaum, erklärte sie uns.

Zwischendurch wurde sie darauf angesprochen, dass sie uns versprochen hatte, mehr über das Verhältnis zwischen israelischen Arabern und anderen Gruppen wie jüdischen Israelis oder Palästinenser zu erzählen.

Selina Yousuf nahm die Erinnerung gerne auf und meinte, dieses Thema würde jetzt gut passen, weil Nazareth, zu dem wir unterwegs waren, ein klassisches Beispiel für diese Problematik darstellte.

Dort leben zirka achtzigtausend israelische Araber, also eine arabische Bevölkerung mit israelischer Staatsbürgerschaft.

Von diesen achtzigtausend sind ungefähr siebzehntausend Christen.

Die Bevölkerung Nazareths spricht hebräisch

und nur wenig arabisch, so dass in den Schulen arabisch sogar als erste Fremdsprache gelehrt wird, da arabisch Lesen und Schreiben für die meisten dort ein Problem darstellt.

Die Bewohner Nazareths sind also arabischen Ursprungs, lassen sich aber nicht gerne als Palästinenser bezeichnen, obwohl ihre Sympathien natürlich auf deren Seite zu suchen sind.

Sie sind ihrem Status nach zwar Israelis, haben aber noch lange nicht die gleichen Rechte wie die jüdisch-israelische Bevölkerung.

Da wir in Nazareth als erstes die Schule der deutschen Salvatorianerinnen besuchen wollten, meinte Selina Yousuf, das Schulsystem wäre ein gutes Beispiel für die Unterschiede zwischen beiden Bevölkerungsgruppen

In Israel besteht die Schulpflicht zwölf Jahre, danach hat man einen Abschluss.

Jüdische Israelis müssen dann einen dreijährigen Wehrdienst ableisten und können anschließend erst die Universität besuchen oder eine Lehre beginnen.

Arabische Israelis brauchen nicht einen Wehrdienst abzuleisten, können es aber auf freiwilliger Basis.

Das tut aber kaum einer, denn wer würde als

muslimischer Araber in Israels Armee auf palästinensische Araber auf der anderen Seite schießen?

Auf die Universität dürfen diese Jugendliche aber auch erst im Alter von zwanzig, einundzwanzig Jahren. Also hängen sie drei Jahre nur herum und die Wenigsten bekommen in dieser Zeit einen Job, da der Nachweis des abgeleisteten Wehrdienstes vielfach, ja fast überwiegend, ausschlaggebend ist.

Die arabischen Jugendlichen, die aus einer christlichen Familie kommen, gehen deshalb meistens ins Ausland, vorwiegend nach Europa, um dort zu studieren.

Und wenn sie dann gut ausgebildet zurückkommen, müssen sie erleben, dass die besseren Jobs an jüdische Israelis aufgrund ihrer Wehrdienstableistung vergeben werden.

Ich begann langsam zu ahnen, nach diesen Ausführungen von Selina Yousuf, wie viel Konfliktstoff hier in Israel vorhanden war, ausgelöst vielleicht durch ein übersensilibiertes Sicherheitsbedürfnis der jüdischen Bevölkerung.

Zuhause bekam man ja nur die bewaffneten Auseinandersetzungen zwischen Israelis und Palästinenser serviert, und da auch immer mit dem leisen Touch, dass die Palästinenser ja wohl die bösen Buben wären.

Selina Yousuf musste sich jetzt ganz darauf konzentrieren, den richtigen Weg zu finden. Weder sie noch der Busfahrer waren hier in Nazareth bisher zu der Schule der Salvatorianerinnen gefahren.

Trotz Navigationsgerät hatte sich der Busfahrer heillos verfahren, weil es hier von Einbahnstraßen und Durchfahrtverboten nur so wimmelte.

Nebenbei erfuhren wir dann, dass der Busfahrer erst seit einem Monat mit dem Bus Touristen durch Israel fuhr. Alle Achtung, dachte ich nur, wie der das bisher in den engen Gassen und überfüllten Straßen hinbekommen hatte.

Endlich gelangten wir von der richtigen Seite aus in eine Stichstraße in der die Schule lag und wurden schon erwartet.

Schwester Klara hieß die Leiterin der Schule und sie begrüßte uns in der großen Eingangshalle vor den Klassenräumen der ersten und zweiten Schuljahre.

Und sofort ging sie mit uns in eine erste Klasse.

Die Kinder hatten extra für uns in Deutsch ein „Herzlich Willkommen" eingeübt.

Anschließend sangen sie für uns noch ein arabisches Lied und waren mächtig stolz und teilweise sogar verlegen als wir ihre Darbietung mit Applaus belohnten.

Alle Kinder der Schule vom ersten bis letzten Schuljahr tragen eine Art Schuluniform. Kennzeichen der Schule der Salvatorianerinnen war zur Zeit, da es morgens noch erheblich kühl ist und frisch, ein gelbes Kapuzensweatshirt mit dem Schulemblem auf der linken Brust- und auf der Rückseite.

Schwester Klara führte uns in die große Aula der Schule und hier war es lausig kalt. Wir waren froh, dass wir unsere warmen Sachen nicht im Bus gelassen hatten.

Die Schule unterrichtet zirka eintausendfünfhundert arabische Kinder zwischen fünf und achtzehn Jahren.

Vier Schwestern des Salvatorianer-Ordens gibt es hier noch und viele angestellte zivile Lehrerinnen und Lehrer.

Obwohl es sich um eine katholische Schule handelt, wird sie zu fast zwei Drittel von muslimischen Kindern und Jugendlichen besucht. Deren Eltern schätzen einfach das Flair der Schule und den Unterricht auf hohem Niveau.

Schwester Klara verteilte eine Broschüre, in der wir alles Weitere über die Schule nachlesen konnten und in der auch noch einmal darauf hingewiesen wurde, wie wichtig es sei, die Schule durch Spenden zu unterstützen.

Dann führte sie uns weiter durch das Gebäude bis zum Refektorium der Schwestern, wo die Tische für uns mit Kaffee und Gebäck gedeckt waren.

Außerdem bekamen wir hier die Möglichkeit geboten, uns in das Gästebuch der Schule einzutragen.

Nach dem Abschied von Schwester Klara mussten wir ein kleines Stück zurücklegen, um zu unserem Bus zu gelangen. Gleichzeitig mit uns verließen auch eine Menge Schülerinnen und Schüler das Schulgelände, alle in ihren gelben Sweatshirts.

Kurz bevor wir den Bus erreichten, ereignete sich dann ein Zwischenfall.

Vor uns gingen Jugendliche in ihrem gelben Outfit gut als Schüler der Salvatorianer-Schule zu erkennen. Dazu hatten sich andere gesellt, die aber grüne Sweatshirts trugen.

Die Gruppe wurde immer lauter und plötzlich hatten sich zwei junge Damen in den Haaren. Die eine hatte ein gelbes, die andere ein grünes Sweatshirts an.

Aber die Gruppe teilte sich jetzt nicht in zwei farbliche Parteien, wie man es hätte erwarten können. Auch sahen sie nicht den beiden Streitenden nur zu oder feuerten sie ja an. Nein, beide Seiten gingen farblich völlig unsortiert dazwischen, trennten die beiden Furien und redeten auf sie ein. Im Nu hatte sich der Konflikt aufgelöst und man ging getrennte Wege.

Wir sprachen noch in der Reisegruppe im Bus darüber wie friedfertig das ausgegangen war und stellten Spekulationen darüber an, was an manchen deutschen Schulen oftmals aus solch kleinen Streitereien für Konflikte mit enormem Gewaltpotential entstanden.

Selina Yousuf trug ihren Teil dazu bei, indem sie uns darüber aufklärte, dass die grün gekleideten Jugendliche, Schüler einer staatlichen Schule hier ganz in der Nähe wären.

Der Bus fuhr nur ein ganz kurzes Stück bis in die Innenstadt.

Unser Ziel war die große Kirche, der Mutter Gottes geweiht, die sich über die Wohnhöhlen des Nazareths aus der Zeit Jesu erhob.

In Nazareth wird von den Christen hauptsächlich die Gottesmutter verehrt.

In manchen der Häuser, an denen wir vorbeikamen, gab es Nischen, in denen Statuen der

Gottesmutter in allen Variationen von prunkvoll bis schlicht aufgestellt waren.

Und das in einer überwiegend muslimischen Stadt.

Erstaunlich.

Ein Beispiel für die Konflikte zwischen den Religionen tat sich uns aber auf dem Platz vor der großen Marienkirche auf. Hier hingen große Transparente mit Koransprüchen in Arabisch und Englisch wie zu Beispiel (frei übersetzt):

„und wer immer eine Religion sucht anders als der Islam, wird niemals akzeptiert, und in dem Dasein nach dem Tode wird er ein Verlierer sein."

Auf dem Platz war es sehr laut, da außer uns noch eine Menge anderer Reisegruppen unterwegs waren.

Deshalb bekam ich die Erläuterungen von Selina Yousuf zu diesem Konflikt nicht so ganz mit. Aber anscheinend hatten israelische Sicherheitskräfte beim Besuch des Papstes Johannes Paul II., der ja ein großer Marienverehrer gewesen war, die Muslime von Nazareth durch irgendeine Aktion hier vor den Kopf gestoßen, als sie die Sicherheit des Papstes gewährleisten sollten.

Kurz darauf betraten wir die Marienkirche. Sie war einfach gigantisch, aber so gar nicht nach meinem Geschmack.

Neben wunderbaren bunten Glasmosaiken in den Fenstern sind hier Massen von Beton verbaut und vermittelten den Eindruck, als wäre die Kirche noch nicht fertig, obwohl Selina Yousuf dazu erklärte, dass dieses nackte Betonkonzept vom Architekten so gewollt wäre um die Schlichtheit der Kirche zu betonen. Wie gesagt, dieser Kirchenbau war nicht nach meinem Geschmack. Mir gefallen da mehr die Gotteshäuser im romanischen Stil.

Der Besuch einer weiteren Kirche stand auf dem Programm, die des Heiligen Josef.

Sie war wesentlich kleiner und bescheidener und kam meinem Verständnis von einem schlichten Gotteshaus schon sehr viel näher.

Beim anschließenden Gang durch den Basar konnte ich meine Einkaufsliste abhaken, als ich in einem kleinen Geschäft Papier und Stift kaufte.

Zweidrittel der Läden im Basar hatten schon geschlossen. Da die Muslime zum Freitagsgebet sind, haben nur noch die christlichen Geschäftsinhaber ihre Läden offen.

Mit ein paar anderen aus der Reisegruppe

machte ich Pause in einem kleinen Straßencafé. Hier konnten wir in der angenehm warmen Sonne sitzen.

Ich hatte vor gehabt, einen speziellen arabischen Tee zu schlürfen und dabei in meinem Buch zu lesen. Aber eine ältere Frau aus unserer Reisegruppe, mit der ich bis dahin kaum ein Wort gewechselt hatte, setzte sich zu mir an den Tisch.

„Ich bin ja neugierig",

begann sie das Gespräch,

„und wüsste gerne, was Sie da so Interessantes lesen?"

Ich nannte ihr den Titel und schob das Buch zu ihr hinüber. Sie warf nur einen kurzen Blick darauf und nickte vielsagend.

„Ja, so was kenn ich",

sagte sie und schob mir das Buch wieder zurück,

„aber, was die so schreiben, das ist nicht meins."

„Warum?"

Mir rutschte die kurze Frage schneller heraus, als mir lieb war. Wobei ich gar nicht an einer Antwort interessiert war. Ich hätte jetzt nämlich viel lieber gelesen, als mich zu unterhalten, wollte aber auch nicht unhöflich sein.

„Na, solche Bücher sind mir zu langatmig und außerdem versuchen sie vieles wissenschaftlich zu erklären, was eigentlich nur Glaubenssache sein kann."

Sie lehnte sich mit einem, wie es mir schien, überlegenen Lächeln zurück und ehe ich etwas erwidern könnte, fuhr sie fort:

„Sehen Sie, Glauben an Gott und an seinem Sohn Jesus Christus hat nichts mit wissenschaftlichen Überlegungen zu tun."

Sie zeigte auf ihre Herzgegend.

„Hier muss Glauben geschehen!"

Dann zeigte sie auf ihren Kopf.

„Und mein Verstand muss akzeptieren, dass mein Glauben nicht wissenschaftlich zu beweisen ist."

Ich wusste nur ihren Namen, aber meine Vermutung, dass sie Lehrerin gewesen sein musste, bestätigte sich, als sie nun begann mir ihre Lebensgeschichte zu erzählen.

Sie hätte vor einigen Jahren ihren Mann nach langer Krankheit verloren, erzählte sie, und damit wäre auch ihr Glauben an Gott heftig ins Wanken geraten.

Aber ihre vielen Gebete wären erhört worden.

Wie, das sagte sie nicht.

Sie sei jetzt gläubiger denn je und würde diese wunderbare Reise dazu nutzen, auf Jesu Spuren zu wandeln und damit Gott immer näher zu kommen.

Sie riet mir davon ab, mich mit solch zweifelhafter Lektüre diese Reise zu verschandeln. Vielmehr sollte ich ganz bewusst an all diesen besonderen Orten zu Gott beten und ihn um die Stärkung meines Glaubens bitten.

Ich schwieg zuerst.

Dann erklärte ich ihr, dass ich das Buch ausgesprochen toll und sehr lehrreich fände.

Ich erzählte ihr nicht, dass der Anlass für meine Reise die Trauer um den Tod Katharinas und meiner ungeborenen Tochter gewesen war.

Ich erzählte ihr auch nicht, dass diese Reise mit ihren bisherigen Eindrücken genauso wie das Buch, das ich las, Balsam für meine Seele waren und immer mehr wurden.

Ich fragte sie nur, wie sie den Tod eines geliebten Menschen mit der Güte und Menschenfreundlichkeit Gottes in Einklang gebracht hatte.

„Sehen Sie, wenn Sie den Verlust einen geliebten Menschen als Gottes Willen akzeptieren und sich innig im Gebet mit Gott verbunden fühlen, werden Sie auf all Ihre Fragen auch Antworten bekommen."

Sie wollte mich augenscheinlich missionieren.

Nur war ich in der Hinsicht mittlerweile ein sehr rebellischer Geist, deshalb fragte ich ganz harmlos zurück, ob Gott ihr denn je geantwortet hätte.

Sie wollte oder konnte meine Ironie in dieser Frage einfach nicht merken oder verstehen.

Aber anstatt zu antworten, fragte sie mich:

„Sind Sie schon einmal Gott begegnet?"

"Natürlich, schon mehrmals. Ich habe über die ein oder andere Begegnung sogar ein Buch geschrieben."

Ich hatte nicht vorgehabt, irgendjemand aus der Reisegruppe etwas über meine schriftstellerischen Ambitionen zu erzählen.

Aber weil mich dieses heilige Getue der Frau nervte und weil mein Stolz auf mein selbst geschriebenes Buch mich dazu verleitete, war mir diese Antwort so herausgerutscht.

Ihre pikierte Reaktion war erstaunlich als sie mir vorwurfsvoll antwortete.

„Machen Sie sich nicht lächerlich!"

Und bevor ich noch befürchten musste, ihr jetzt nähere Einzelheiten darüber zu erzählen, wie ich das gemeint hätte, verabschiedete sie sich abrupt, aber höflich und entschuldigte ihre plötzliche Eile damit, noch ein paar Souvenirs für ihre zahlreichen Freundinnen kaufen zu müssen.

Mir war gar nicht aufgefallen, dass man am Nebentisch unser Gespräch natürlich mitbekommen hatte. Erst als dort jetzt jemand einen Applaus andeutete, wandte ich mich überrascht den beiden Ehepaaren zu, die dort saßen und ebenfalls zu unserer Reisegruppe gehörten.

„Seien Sie froh, dass Ihr Gespräch nur so kurz war.", meinte eine der Frauen,

„Nach der Runde gestern Abend hat sie uns eine geschlagene Stunde versucht, ihre Glaubensvorstellungen darzulegen. Und wir waren danach echt geschafft."

Es war mir nicht mehr vergönnt, mich meinem Buch zu widmen, da ich zu den Vieren an den Nachbartisch rücken musste und die letzte Viertelstunde unserer Pause mit ihnen verplauderte.

Wir lästerten natürlich über den einen oder die andere aus unserer Reisegruppe in der Gewissheit, dass auch andere über uns reden würden.

Gegen 16.00 Uhr ging es dann auf die Rückreise.

Als ich im Bus saß, legte ich sofort meinen Fuß hoch, denn da klopfte es drin trotz des festen Verbandes. Aber das Laufen hatte besser funktioniert, als ich es heute Morgen noch gedacht hatte.

Zwischenstopp war dann noch der Ort Kanaa, wo Jesus nach dem Johannesevangelium sein erstes Wunderzeichen getan hatte, in dem er bei einer Hochzeit Wasser in Wein verwandelt hatte.

Die Kirche, die wir dort besuchten, liegt natürlich über einer archäologischen Ausgrabungsstätte.

Bei den Ausgrabungen wurde ein großer steinerner Krug gefunden. Dieser Krug diente wohl zur Aufbewahrung von Wein, wie die Analyse von organischen Resten am Boden des Kruges zu Tage brachte.

Die Assoziation zum Weinwunder aus dem Johannesevangelium war den Ausgräbern sofort klar und so entstand in Erinnerung daran hier an diesem Ort eine kleine, in meinen Augen sehr ansprechende, Kirche.

Selina Yousuf erzählte dazu die Geschichte, dass Jesus hier auf der Hochzeit einer seiner zwölf Apostel war.

Einige, die eine Bibel mitführten, lasen die Stelle bei Matthäus nach, die Selina Yousuf ihnen angab.

Und tatsächlich, da hieß einer der Apostel Simon der Kanaanäer.

Zurück in Tabgha sah ich zunächst einmal nach meinem Fußgelenk. Der Stützverband heute hatte gute Dienste geleistet, aber morgen sollte es zu Fuß auf den Berg der Seligpreisungen gehen und da musste der Fuß mehr als fit sein. Also wurde nach einer ausgiebigen Dusche der Verband wieder angelegt.

Zum Abendessen gab es Fischfilet, grüne Bohnen und Salzkartoffeln, die ihrem Namen alle Ehre machten, denn sie waren enorm gesalzen.

Wir wollten uns danach mit der gesamten Reisegruppe gegen 20.15 Uhr treffen.

Selina Yousuf hatte darum gebeten, weil sie uns den Ablauf einer Sabbatfeier vorstellen wollte. Nächsten Freitag in Jerusalem war die Teilnahme an einem Synagogengottesdienst geplant und es schien ihr sinnvoll, vorher die Gruppe über den Ablauf zu informieren.

Nachdem ich gegen 22.00 Uhr auf dem Zimmer war, gab bei der Vervollständigung meines Reisetagebuchs der Stift endgültig den Geist auf und ich war froh, mir in Nazareth Ersatz besorgt zu haben.

Ich versorgte noch einmal mein Fußgelenk und legte mich anschließend genüsslich aufs Bett um gleich darauf auch schon eingeschlafen zu sein.

In der Nacht hatte ich einen seltsamen Traum.

Wie in meinem Roman geschrieben, saß ich mit Katharina auf den warmen Steinen in den Toren Samarias. Wir hatten uns gestritten, weil ich mit der Frömmigkeit einer Frau aus der Reisegruppe nicht richtig umgegangen war und mich über sie lustig gemacht hatte.

Plötzlich war meine Katharina verschwunden.

Und dann stand die Sklavin aus der Amoszeit mir gegenüber, die Katharina so unheimlich ähnlich gesehen hatte.

Sie holte mich ab, wie damals, zu einer Beerdigung.

Doch diesmal war Katharina die Tote.

Während vier Männer sie in ein Tuch wickelten und wegtrugen, streute ich Asche auf meinen Kopf und brachte mir Schnittwunden auf Brust und Armen bei.

Aber der Schmerz in mir war stärker.

Als ich glaubte, diesen Schmerz nicht mehr aushalten zu können, erwachte ich schweißgebadet.

Es dauerte eine ganze Zeit, ehe ich wieder einschlafen konnte, weil der Schmerz in mir einfach nicht nachließ.

7.   Karphanaum

Puh, heute war ein ziemlich anstrengender Tag gewesen.

Mit viel Sonne, aber auch einigen enormen Regengüssen. Mit vielem wandern, bergauf und bergab, über Steine und schlammige Pfade. Mit stillen, romantischen Orten, aber auch mit Touristenüberfällen.

Aber der Reihe nach.

Heute Morgen war ich viel zu früh wach geworden und alle Versuche noch einmal einzuschlafen, schlugen fehl. Notgedrungen stand ich auf und machte mich reisefertig.

Um die Zeit bis zur Morgenmeditation zu überbrücken, schlenderte ich durch die morgendlich kühle Luft hinunter zum Seeufer, setzte mich auf einen dicken Holzstamm und holte mein Buch hervor. Gestern Abend war ich viel zu erschlagen gewesen, um noch zu lesen. Dabei hatte das Buch mich richtig süchtig gemacht.

Und was war schöner, als an einem Morgen wie diesem am See Genezareth zu sitzen, den Wellen zu lauschen und dieser harmlosen Sucht nachzugehen.

Nach der Morgenmeditation gab es Frühstück

und danach ging es zu Fuß los.

Vorbei an Orangen- und Zitronenplantagen erreichten wir nach einer Viertelstunde Gehzeit das Benediktinerkloster von Tabgha mit der Kirche der Brotvermehrung.

Bevor wir losgegangen waren, hatten wir Selina Yousuf noch im Speisesaal ein Geburtstagsständchen gesungen. Sie war ganz gerührt.

Erst jetzt kam mir der Gedanke, dass sie eine schöne junge Frau war. Zu sehr war ich immer nur mit mir selbst beschäftigt gewesen und hatte in Selina Yousuf mehr ein menschliches Wikipedia gesehen.

Aber jetzt als wir sie „Hoch leben" ließen und sie sich verlegen bedankte, fielen mit ihr gute Figur und vor allem ihre dunklen Augen erstmals richtig ins Bewusstsein. Vielleicht lag es heute auch an ihrer Frisur, die sie bisher immer als Zopf oder Pferdeschwanz getragen hatte. Heute trug sie ihre Haare offen und gaben ihr ein ganz anderes Aussehen.

Ganz automatisch checkte ich die Minen meiner männlichen Mitreisenden und beobachtete auch bei denen eine überraschte und wohlgefällige Inaugenscheinnahme unserer Reiseleiterin.

Mein Nachbar neigte sich zu mir herüber und flüsterte mir zu:

„Eine tolle Frau, oder?"

Dabei nickte er als Antwort auf seine eigene Frage und enthob mich deshalb jeglicher Antwort.

Im Garten des Benediktinerklosters zeigte sie uns einen wunderschönen Platz direkt am Seeufer. Unter Strohdächern standen hier Bänke um einen groben Holztisch herum. Bei schönem Wetter, erklärte sie uns, fänden hier sonntags morgens Gottesdienst statt.

Ich hatte den Ort sofort wiedererkannt, an dem ich vor so vielen Jahren die Osternacht gefeiert hatte. Anschließend hatten das leise Rauschen des Windes und das Auf und Ab der Wellen mich in eine Art Trance versetzt. Ich wähnte mich damals in den Ruinen der Synagoge von Chorazin und tanzte zu einer archaischen Musik.

Ich wischte die Gedanken daran mit einer Handbewegung fort, weil sie mich nur traurig machten.

Als wir zu dieser Kirche mit den fünf Broten und den zwei Fischen weitergingen, mussten wir durch eine Baustelle. Die Kirche wurde von außen renoviert. Überall standen Baumaschinen und Baumaterialien herum.

Und Touristen!

Touristen, wohin das Auge schaute.

Deshalb blieben wir hier auch nicht lange, sondern eilten heraus aus dem Gelände des Klosters und über die Straße schräg gegenüber in den Berghang hinein, der sich mit blühenden Wiesen hinaufzog bis zu dem Gelände, auf der die Kirche der Seligpreisungen stand.

Hier waren wir allein.

Auf halber Höhe kamen wir an den Eingang einer Höhle. Angeblich sollte sich darin Jesus mit seinen Jüngern zum Gebet zurückgezogen haben.

Beim Weitergehen brachte ich zum Ausdruck, dass ich dieser Geschichte nicht glauben könnte. Auf die Frage, warum nicht, dies sei doch möglich, gab ich zur Antwort, dass dann längst über dieser Höhle eine Kirche erbaut worden wäre, die wie überall Scharen von Touristen anzöge. Unter allgemeinem Gelächter stimmte man meiner Ansicht zu und wir kletterten in recht aufgelockerter Stimmung weiter bergan.

Der Weg durch die Wiesen würde immer schlammiger, was nach dem ergiebigen Regen der letzten Tage keinen verwunderte. Schließlich musste ich sogar meine Hose hochkrempeln, um sie nicht total zu verschmutzen. Als wir endlich oben angekommen waren, hatten meine Schuhe einen Ring aus nasser Erde um sich und waren unheimlich schwer. Mit einem Stöckchen entfernte ich den gröbsten Dreck, bevor wir auf einer asphaltierten Straße die letzten hundert Meter zur Kirche der Seligpreisungen zurücklegten.

Auf der Straße stampfte ich mehrmals heftig auf, um den letzten lockeren Schlamm los zu werden. Ich merkte schnell, dass das meinem lädierten Fußgelenk überhaupt nicht bekam. Aber zu spät.

Der Aufstieg war ziemlich anstrengend gewesen. Ich war leicht verschwitzt, aber oben angekommen begann es wieder einmal leicht zu regnen, so dass ich die Absicht, Regenjacke und Sweatshirts auszuziehen, schnell wieder fallen ließ.

Acht Busse standen auf dem Parkplatz, entsprechend war hier das Gedränge.

Wie man in diesem Trubel als Pilger den Weg Jesu meditativ nachgehen wollte, blieb mir, ehrlich gesagt, schleierhaft. Na gut, ich hatte diese Ambitionen nicht. Ich betrachtete mich da mehr als interessierten Beobachter.

Nachdem wir die Kirche der Seligpreisungen besucht hatten, gingen wir denselben Weg durch die matschigen Wiesen wieder hinab.

Während die Kirche selbst keinen großen Eindruck auf mich hinterließ, war der Blick von dort oben hinab auf den jetzt im Sonnenlicht glitzernden See allerdings die Anstrengung des Aufstiegs wert gewesen.

Auf dem letzten Drittel des Weges bergab stand ein größerer Baum und davor lag ein quadratischer Stein, fast so hoch wie ein Tisch.

Hier waren keine Touristen.

Hier war eine wundervolle Stille nur vom Zwitschern der Vögel unterbrochen.

Hier war die richtige Gelegenheit, verkündete unsere deutsche Reiseleitung, gemeinsam einen Gottesdienst zu feiern.

Meine leise Frage an einige aus der Reisegruppe, wie wir hier ohne Priester Gottesdienst feiern wollten, offenbarte den anderen, wie wenig kirchliche Praxis ich hatte.

Ich wurde darüber aufgeklärt, dass es neben der Eucharistiefeiern, die nur ein Priester ausführen darf, auch andere Formen des Gottesdienstes geben würde, wie zum Beispiel eine Wortgottesfeier. Der grobe Unterschied, so wurde mir erklärt, wäre, dass die Wandlung von Brot und Wein in den Leib und das Blut Christi, in einer Wortgottesfeier nicht stattfände, da eben diese Wandlung nur den Priestern vorbehalten sei.

Außerdem bekam ich die Information, aufgrund des aktuellen Priestermangels würden vielerorts an Stelle von Eucharistiefeiern mittlerweile häufig Wortgottesfeiern durchgeführt. Das wäre also schon nichts Besonderes mehr.

Ich nahm das Alles kommentarlos so zur Kenntnis, fand es aber ausgesprochen nett, wie man mit meiner Unwissenheit umging und mir aus der Verlegenheit half ohne mein Nichtwissen zu bewerten.

Rückblickend war es eine sehr ansprechende Angelegenheit, die wir dort auf halber Höhe zwischen der Kirche der Seligpreisungen und dem See Genezareth vollzogen.

Wir hörten gemeinsam das Evangelium, sangen und beteten zusammen, teilten das mitgebrachte Brot miteinander und wünschten uns gegenseitig zum Ausklang der Feier Gottes Segen.

Nach diesem Gottesdienst am Berghang hoch über dem See Genesareth stieg unsere Reisegruppe den restlichen Teil des Berges hinunter.

Und es war seltsam still, während des Abstiegs, so, als wären alle noch mit ihren Gedanken an dem Baum mit dem quadratischer Stein. Erst als wir die Straße erreichten und an ihr entlang in Richtung Karpharnaum gingen, lebten die Gespräche wieder auf.

Für meinen Fuß bedeutete die Gehzeit entlang der Straße eine Marterstrecke.

Und die Straße zog sich immer weiter.

Zwischendurch glaubte ich kaum noch, richtig auftreten zu können, so schmerzte mein Gelenk. Doch dann erreichten wir endlich doch Karpharnaum und was wir als erstes wahrnahmen war, auch hier überall Touristen.

Touristen ohne Ende.

Wir schafften es aber auf einem Platz unter alten hohen Bäumen uns eng um Selina Yousuf zu scharen, um ihre Erklärungen zu diesem bedeutenden Ort im Leben Jesu mitzubekommen, ohne dass sie ihre Stimme überanstrengen musste.

Anschließend folgten wir ihr in die Ausgrabungen.

Hier trafen wir zuerst auf die Überreste einer Synagoge aus dem fünften Jahrhundert nach Christus, die aber auf den Fundamenten und dem Boden einer Synagoge aus der Zeit Jesu errichtet worden war.

Selina Yousuf wies uns auf ausgekratzte Muster in einigen Bodenplatten hin und erklärte uns dazu, dass es sich um Spiele handeln würde, ähnlich denen, die wir heute aus Karton haben, um darauf zum Beispiel Schach, Mühle oder Mensch-ärger-dich-nicht zu spielen. Welche Spiele auf diesen ausgekratzten Steinen gespielt worden sind, sei leider nicht mehr bekannt.

Wir standen richtig ehrfürchtig um diese Steinplatten herum und das gipfelte in der Bemerkung einer Mitreisenden, die meine:

„Das muss man sich einmal vorstellen, da steht man hier vor einem Spiel, das beinahe zweitausend Jahre alt ist!"

Diese Empfindung des Außergewöhnlichen hatten in diesem Moment wohl alle.

Die archäologischen Ausgrabungen der vielen Hausfragmente aber faszinierten mich ebenso. Auch die gefundenen Alltagsgegenstände wie Mühlsteine oder Olivenpressen.

Ein Gang durch die moderne Kirche, die über den ausgegrabenen Grundmauern des Hauses des Apostel Petrus erbaut ist, war obligatorisch.

Immerhin war das heute die dritte Kirche, die wir besuchten.

Mitten drin war eine große Aussparung im Boden offen gelassen, die mit Glas überdacht war, so dass man direkt auf die Mauern des Petrushauses herabsehen könnte.

Aber das Einzige, was ich in dieser Kirche dann verspürte, war Hunger. Mein Bauch knurrte gewaltig.

Kurze Zeit später verließen wir das Gelände der Ausgrabungsstätte von Karpharnaum, gingen ein kurzes Stück zurück in Richtung Straße und erreichten dort einen Parkplatz auf dem ein halbes Dutzend Busse parkten. Dahinter kamen wir direkt an den See zu einem - ja, wie sollte ich es nennen - vielleicht „Schnell-Durchgang-Restaurant".

Ein riesiger Komplex mit Tischreihen unter einem Wellblechdach.

Und überall Hektik.

Yalla, yalla!

An zwei Tischreihen, die gerade frei wurden, Platz nehmen.

Yalla, yalla!

Bestellen!

Neunzehn Mal Petrusfisch, dreimal Hähnchenspieß und zweimal Lammkebab.

Alles mit Pommes!

Yalla, yalla!

Essen!

Schnell bezahlen!

Yalla, yalla!

Und wieder raus, die nächste Busladung hungriger Touristen wartete schon.

Beim Hineingehen in dieses Schnell-Imbiss-Restaurant war mir aufgefallen, dass die Kellner Teller mit jeder Menge Fischgräten abräumten. Deshalb ließ ich die Hausmarke „Petrusfisch" Fisch sein und hatte mir stattdessen ein Lammkebab bestellt.

Gute Entscheidung!

Während ich genüsslich mein Lammfleisch von dem Spieß pulte, kämpften meine Mitreisenden um mich herum mit den Gräten von diesem Petrusfisch.

Im Nachhinein hörte ich die eine oder andere Stimme, die zwar diesem speziellen Fisch aus dem See Genezareth einen durchaus leckeren Geschmack nachsagten, aber der Aufwand, das Fleisch von den Gräten zu bekommen und das auch noch unter Zeitdruck, sei das alles nicht wert gewesen.

Nach dem Essen erwartete uns draußen auf dem Parkplatz unser Bus, der uns zurück in die Nähe von Tabgha brachte. Schließlich gab es direkt am Seeufer noch eine Kirche, die dem Heiligen Petrus geweiht war, zu besichtigen.

Obwohl es schon fast 15.00 Uhr war, standen auch hier noch etliche Busse.

Von hier aus waren es zirka zwanzig Gehminuten zurück zum Pilgerhaus, die für mich eine ziemliche Anstrengung bedeuteten.

Alles unterhalb meines Bauchnabels schmerzte und streikte. Aufgrund der Überbelastung meines lädierten Fußgelenkes war ich wohl etwas schief gelaufen, eben um diesen Fuß zu entlasten. Dafür schmerzten jetzt auch noch zusätzlich meine Hüfte und mein Kniegelenk.

Dafür brach auf diesem Rückweg die Sonne durch die Wolken. Und als wir im Pilgerhaus ankamen, hatten sich fast sämtliche Wolken verzogen und es war angenehm warm.

Ich ließ mich dazu überreden, auf der Terrasse des Cafés im Pilgerhaus noch auf einen Cappuccino zu bleiben. Am Ende wurden drei daraus.

Wir saßen mit einigen aus unserer Reisegruppe zusammen und genossen die Sonne, blickten auf den See und tauschen unsere Tageseindrücke aus.

Dabei wurde natürlich auch viel gelästert und

wir hatten richtig Spaß, der sich sogar noch während des Abendessens fortsetzte.

Vor dem Abendessen jedoch hatte ich meine Schuhe mit dem Taschenmesser von einer dicken eingetrockneten Schlammschicht befreit und anschließend gründlich abgewaschen.

Als ich geduscht hatte und mein Fußgelenk wieder fest eingewickelt war, ging es mir auch körperlich wieder um Klassen besser.

Außerdem blieb vor dem Abendessen dann noch Zeit, mich meinem Buch zu widmen.

Selina Yousuf hatte uns um 20.00 Uhr in die Kapelle gebeten, um uns mit israelischen Gesängen und Tänzen vertraut zu machen. Sie war von einigen aus der Reisegruppe darauf angesprochen worden.

Auf einer Flipchart hatte sie phonetisch die hebräischen Worte aufgeschrieben, die sie uns nun vorsang. Nachdem wir das Lied dreimal mit ihr eingeübt hatten, zeigte sie uns auch die Tanzschritte dazu.

Dann bat sie alle mitzumachen.

Der erste Tanz wurde zu dem Lied probiert, dessen Text ich mir festgehalten habe:

„zadik ke tamar jivrach, ke eres be Libanon gisyeh."

Anschließend tanzte die Gruppe noch zu der Musik von „hava nagila".

Wie gesagt, die Gruppe, ich nicht.

Mein Fußgelenk hatte sich zwischenzeitlich so beruhigt, dass ich es nicht schon wieder übermäßig strapazieren wollte. Dafür sang ich aber, was das Zeug hielt, mit.

Wir saßen später noch alle zusammen und dabei ging mir durch den Kopf, dass ich unsere Reisegruppe mittlerweile richtig gut fand. Alle kamen gut miteinander aus, wir bekamen zusammen Spaß, konnten aber genauso gut über ernste Themen diskutieren und ja eigentlich konnte es jeder mit jedem, es gab keine Außenseiter oder Einzelkämpfer.

Und selbst unsere israelische Reiseleiterin Selina Yousuf hatte sich heute von einer so anderen Seite gezeigt, so heiter und sogar ausgelassen, die ich ihr gar nicht zugetraut hatte. Bisher war sie mir nur als unheimlich kompetent und informiert erschienen und mit einer großen Ernsthaftigkeit. Aber heute Abend hatte sie die fröhliche, charmante Seite ihrer Leitung aufgedeckt, die sie mir immer sympathischer machte.

Als ich gegen 22.30 Uhr im Bett lag, war ich richtig müde.

Deshalb beschloss ich, mein Buch für heute Abend geschlossen zu lassen und lieber direkt einen Schlafversuch zu starten.

Vor dem Einschlafen ging mir dann noch durch den Kopf, dass mit heutigen Tag, dem Siebten, die Hälfte der Reise schon vorbei war.

Eigentlich wäre es jetzt an der Zeit gewesen, ein erstes Resümee für mich persönlich zu ziehen. Aber ich war, wie schon gesagt, viel zu müde dazu.

Und mit den Gedanken bei den noch folgenden Tagen muss ich wahrscheinlich auch eingeschlafen sein.

8.   An den Jordanquellen

Als ich aufstand, schien noch die Sonne, aber schon auf meinen Weg zum Frühstück zogen schwarze Wolken auf und zogen regenschwer über den See Genesareth.

Nach dem Frühstück trafen wir uns draußen vor dem Hauptgebäude, um die kurze Strecke zum Gottesdienst bei den Benediktinern in der Kirche der Brotvermehrung gemeinsam zu gehen und schon setzte leichter Nieselregen ein.

Unterwegs durch Zitronen- und Apfelsinenhaine regnete es dann in Strömen. In der Kirche angekommen, waren meine Kappe und Jacke durchnässt. Wo die Jacke Mitte Oberschenkel aufhörte, hatte auch die Hose von dem herunter laufenden Wasser feuchte und sogar richtig nasse Stellen.

Mir war dadurch ganz schön kalt.

Zum wiederholten Mal ging mir durch den Kopf, wie blöd ich gewesen war, einen Schirm zu vergessen. Bei nächster sich bietender Gelegenheit musste so ein Ding besorgt werden, koste es was es wolle. Aber wer hätte auch mit einem derartigen Mistwetter gerechnet. Schließlich waren wir im Orient, auch wenn es erst Anfang März war.

Im ersten Teil des Gottesdienstes - einer Eucharistiefeier, wie ich jetzt wusste - ging es mir nur darum, wieder richtig warm zu werden.

Im Evangelium wurde die Geschichte von der Verklärung Jesu auf dem Berg Tabor vorgelesen. Aber erst als die Predigt begann, war ich plötzlich ganz bei der Sache.

Es ging darum, sich das eine oder andere Mal eine Auszeit zu gönnen, zu entschleunigen. Das Ganze um einen herum sollte jeder einmal in einem anderen Licht betrachten, den Blickwinkel ändern.

Dann begann der Benediktinerpater noch ein paar Erklärungen zu diesem speziellen Evangelium zu geben, die mich endgültig aufhorchen ließen.

Seit byzantinischer Zeit habe man den Ort der Verklärung Jesu auf dem Berg Tabor lokalisiert. Wahrscheinlich aber wäre der historische Hintergrund dieser Geschichte ein Ort auf dem Berg Hermon, denn dort hätte es auch noch zur Zeit Jesu eine alte Verehrungsstätte für den Sonnengott gegeben. Auch führt am Hermon die viel benutzte „Via Maris" vorbei, eine uralte Handelsstraße, die sich bis weit ins Zweistromland nach Mesopotamien hinzieht.

Jesus hatte hier die Chance alles, nämlich Israel und die ganze Ungläubigkeit seines Volkes, hinter sich zu lassen und nach Norden zu verschwinden. Für ihn wäre das die Lebensmöglichkeit und damit die wesentlich leichtere Lösung gewesen.

Die andere Richtung nach Süden war die Richtung nach Jerusalem und die Richtung in den Tod und ans Kreuz. Aus den Vorkapiteln dieser Verklärungsgeschichte ließ sich nämlich ahnen, was Jesus dort in Jerusalem zu erwarten hatte.

Verklärung als Entscheidung.

Verklärung als Auszeit, als Zeit zum Auftanken, als Zeit, eine wichtige Entscheidung zu treffen und überdenken.

Ich fand dies sehr interessante Gedanken zu einer Jesusgeschichte, die ich eigentlich zu kennen geglaubt hatte. Und mit diesen Gedanken verlor die Geschichte auch alles Mystische und Wunderhafte. Ich konnte mir geradezu vorstellen, wie Jesus da oben auf dem Hermon in dem alten Sonnenheiligtum um eine Entscheidung gerungen hatte.

Vielleicht sahen die Jünger, die er mitgenommen hatte, ihn dort im Glanz der letzten Sonnenstrahlen stehen und begriffen erst nach Ostern, was dieses Ereignis auf dem Berg eigentlich bedeutete.

Beim restlichen Gottesdienst war es mir dann endlich wieder warm geworden. Ich hatte begriffen, dass es auch für mich wichtig gewesen war, mir mit dieser Israelreise eine Auszeit zu nehmen.

Um 10.30 Uhr fuhren wir mit dem Bus in Richtung Dan.

Während hinter uns der See Genesareth in einem Meer aus Sonnenlicht entschwand, fuhren wir immer weiter nach Norden in eine graue Wand aus dunklen Wolken hinein.

Am Parkplatz in Dan ein Shop, in dem sich viele der Reisegruppe mit Snacks, heißen Kaffee oder Tee eindeckten. Und ich fand da für 21 Schekel einen Regenschirm, einen Knirps.

Endlich!

Umgerechnet waren das zirka 3 Euro um von oben endlich nicht mehr nass zu werden. Eine doch lohnende Investition.

Der Weg vom Parkplatz zu einer der Jordanquellen war total schlammig und dabei hatte ich gestern meine Schuhe so schön sauber gemacht. An einigen Stellen mussten wir von Stein zu Stein hüpfen, um nicht in Rinnsalen oder Schlammpfützen zu versinken.

Und dann regnet es wieder.

Und regnete.

Und mein gerade erst erstandener Schirm war Gold wert.

Nach einer längeren mühsamen Strecke bleiben wir plötzlich alle reichlich verwundert stehen. Vor uns verliefen Schützengräben. Hatten wir hier irgendeine Grenze erreicht?

Bei dem ganzen Stimmengewirr, das jetzt einsetzte, versuchte ich mir die Karte Israels ins Gedächtnis zu rufen und an welcher Stelle die Ausgrabungsstätte Dan lag.

Selina Yousuf half aber schnell mit einer Erklärung aus der allgemeinen Verwirrung.

Diese Schützengräben waren ein Relikt aus dem Sechs-Tage-Krieg von 1967 und markierten die ehemalige israelische Stellung.

Sie zeigte auf das Gelände jenseits der Gräben und erklärte, dass dort früher Jordanien gewesen sei.

Von unserem Standpunkt aus hatten die Israelis ihr Land nicht nur erfolgreich verteidigt, sondern ihr Gebiet um mehrere Kilometer nach Osten hin ausgeweitet und den Angriff der verbündeten arabischen Streitkräfte 1967 erfolgreich zurückgeschlagen.

Der Pfad entlang dieser Schützenlinie machte

nach gut hundert Metern wieder einen scharfen Knick und es ging hinein in unberührte Natur mit vielen Büschen, Sträuchern und Bäumen.

Der Regen hatte zwar aufgehört, aber von überall über unseren Köpfen tropfte es. Dank meines Schirms störte mich das überhaupt nicht mehr.

Viele der anderen Reiseteilnehmer hatten sich in den letzten Tagen diese durchsichtigen Plastiküberzüge besorgt. Da war mein Schirm besser, denn trotz Plastik, war der eine oder die andere ganz schön nass geworden.

Dafür waren meine Schuhe wieder total verschlammt. Da war heute Abend wieder Fleißarbeit angesagt.

Gut zwanzig Minuten später standen wir staunenden vor dem „Abraham-Tor" der alten Stadt Dan. Staunend auch deswegen, weil das komplette Tor in seiner vollen Größe mit einer modernen Stahlkonstruktion überdacht war.

Laut Selina Yousuf bestand das ganze Tor mit den angrenzenden Mauerteilen aus Lehmziegeln und wäre nach der Ausgrabung und Rekonstruktion längst verfallen, wenn es nicht durch diese Überdachung geschützt worden wäre. Warum hier oben so hoch im Norden plötzlich eine Konstruktion aus Lehmziegel entstanden war, erzählte sie, sei noch eines der bisher ungelösten archäologischen Rätsel um Dan. Die restlichen Teile der Stadt bestünden nämlich aus Steinmauern und Steintoren.

Kurze Zeit später erreichten wir das eigentliche Stadttor, das tatsächlich aus mächtigen Steinen errichtet war und verwinkelt, um es Eindringlingen schwer zu machen, die Stadt zu erobern. Wir durchquerten es und gingen in die ausgegrabene Stadt hinein.

Sämtliche Mauern bestanden, wie Selina Yousuf uns bereits angekündigt hatte, aus unbehauenen Steinen, die wie riesige überdimensionale Kieselsteine aussahen.

Als wir die Toranlage durchschritten kamen wir an einem Podest vorbei, auf dem einst wohl der König der Stadt seinen Thron stehen hatte. Hier traf er sich mit den Stadtältesten und Ratgebern, hier hielt er Gericht.

Ich wurde fast augenblicklich in meinen Roman versetzt. Wäre da nicht der wiedereinsetzende Regen und die dadurch bedingte Feuchtigkeit rundum gewesen, hätte ich glauben können, mich wieder in der Toranlage von Samaria zu befinden.

Trotz des kühlen Wetters wurde mit richtig heiß und gleichzeitig spürte ich eine Angst in mir hochkommen, das Alles von damals vielleicht noch einmal durchmachen zu müssen. Meine „Amoszeit" hatte mich wieder einmal eingeholt.

Ich war richtig froh, dass wir nicht lange dort verweilten und Selina Yousuf sich auf ein paar kurze Erklärungen beschränkte. Zum einen war das Wetter einfach abscheulich, zum anderen hatten wir vor noch nach Banias und einer anderen Jordanquelle zu fahren.

An einer Stelle, an der zahlreiche Bäche und Rinnsale zusammenflossen und sich schon ein breiterer Bauchlauf gebildet hatte, begannen einige aus der Reisegruppe kleine mitgebrachte leere Wasserflaschen mit diesem „Jordanwasser" zu füllen.

Ich muss schon ziemlich dumm in die Gegend gestarrt und das Ganze mit fragendem Blick verfolgt haben, denn ich bekam prompt erklärt, dass Jordanwasser wie Weihwasser wäre.

Weil Jesus bekanntlich im Jordan getauft wurde, brauchte dieses Wasser nicht erst durch einen Priester gesegnet werden, um als Weihwasser zu fungieren. Man könnte mit diesem Jordanwasser ohne weiteres taufen.

Nach diesen Erklärungen bekam ich von einer Mitreisenden so eine kleine leere Wasserflasche, jetzt mit Jordanwasser gefüllt, überreicht.

Sie besäße zwei, gab sie vor, als ich mich artig bedankte. Ich fand das ja total nett, aber überlegte dabei, wann ich schon einmal in die Verlegenheit käme, jemand zu taufen.

Und überhaupt, wie sollte ich die Flasche heil nach Hause bekommen?

In Banias besichtigten wir die weiteren Jordanquellen, die hier in großen Becken zusammenlaufen. Aber das eigentliche Ziel war eine große Höhle mit einem kleinen Teich darin, in der einstmals der Gott Pan verehrt wurde.

Neben der Höhle befanden sich im Fels viele halbrunde Nischen, die aus dem Stein herausgearbeitet waren. Hier hatten damals die Standbilder der verschiedenen Götter gestanden. Seitwärts vor der Höhle lagen freigelegte Fundamente einer alten Tempelanlage.

Zurück auf dem Parkplatz bekamen wir wieder einmal ein Kostprobe von der frappierenden Offenheit, mit der Selina Yousuf unsere Reisegruppe auch über unschöne Dinge in ihrem Heimatland informierte.

Zwischen den Bäumen auf der anderen Seite der Straße ließen sich die Überreste von steinernen Gebäuden erkennen. Hier hatte ein arabisches Dorf gestand. In einer Nacht und Nebelaktion tauchte die israelische Armee hier auf und vertrieb alle Einwohner, meist kleine Bauern, aus ihren Häusern und von ihren Feldern.

Aus Sicherheitsgründen wie es geheißen hatte.

Meist waren diese Vertriebenen über die Grenze nach Jordanien geflohen, wo es auch heute noch fast 400.000 vertriebene Palästinenser geben soll. Für Jordanien stellten diese Heimatlosen ein riesiges Problem dar, erzählte Selina Yousuf, da Jordanien selbst nur zirka 1,2 Millionen Einwohner hat und eines der ärmsten Länder wäre.

Wir fuhren mit dem Bus nur ein kurzes Stück, nämlich ganze zwei Kilometer weiter, zu einem anderen Teil von Banias. Zwischendurch thronte auf einem Bergrücken sehr eindrucksvoll die Burg Nimrod. Sie wurde von den Mameluken erbaut und Selina Yousuf versprach, dass wir später auf dem Weg in den Golan noch näher daran vorbeifahren würden und ihr gigantisches Ausmaß bestaunen könnten. Besuchen kann man diese Burg leider nicht.

Wieder einmal ging es vom Parkplatz ein kurzes Stück zu Fuß weiter. Der zunächst geschotterte breite Weg führte talwärts, wurde stets schmäler und schlammiger. Aber meine Schuhe sahen sowieso schon unbeschreiblich aus. Ein

Glück, dass sie bis jetzt wasserdicht waren.

Am Rande des Weges standen an manchen Stellen Schilder, auf denen die Namen der dort wachsenden Bäume und Sträucher aufgeschrieben waren. Mit einer Erklärung leider nur in Hebräisch.

Während die gesamte Reisegruppe an einer besonderen Stelle ein Fotoshooting veranstaltete, weil der gegenüberliegende Berghang voller blühender Forsythien-Sträucher wie ein gelbes Meer zu uns herüber leuchtete, stand ich wie angewurzelt einem kleinen Hain junger Bäume gegenüber.

Ohne das Schild hätte ich nicht gewusst, dass dieser Hain aus Terebinthen bestand und beim Lesen dieses Namens überfiel mich wieder die Erinnerung an meine Zeitreise in die Welt des Amos.

Ich schloss die Augen.

Und obwohl es schon so lange her war, sah ich mich wieder in Tekoa, in diesem kleinen Waldstück aus Terebinthen, vor dem steinernen Altar, auf dem zur Geburt des Amos Weihrauch verbrannt wurde.

Ja, ich glaubte wieder das Rauschen der Blätter zu hören und den würzigen Duft des Weihrauchs zu riechen.

Nur mit Mühe gelang es mir, mich aus dieser Erinnerung loszureißen und in die Realität zurückzufinden.

Dank eines leichten Anstoßes eines Mitreisenden, der mich mit belustigtem Lächeln dazu aufforderte, nur ja nicht einzuschlafen.

Der Himmel war in der Zwischenzeit nicht untätig gewesen. Die Wolken waren aufgerissen und eine warme Frühlingssonne spiegelte sich in den zahlreichen Pfützen auf dem Weg.

Dass wir uns einem Wasserfall näherten, bemerkte ich zuerst an ein fernes Donnern. Unsere Gespräche mussten auch immer lauter geführt werden, je näher wir auf unserem Weg diesem donnernden Geräusch kamen.

Direkt unterhalb des Wasserfalls erreichten wir eine Aussichtsplattform aus Holz. Aber hier konnte man sich nicht allzu lange aufhalten.

Sehr eindrucksvoll, in Kaskaden aus Licht und Wasser, das braun war vom vielen Erdreich darin, stürzte mit diesem ohrenbetäubenden Donnern eine gewaltige Wassermasse in die Tiefe.

Die Holzplattform übersprühten Myriaden von winzigen Wassertröpfchen. Sie war durch und durch feucht und glitschig. Wir wurden überschüttet mit einem feinen Film feuchten Nebels.

Nicht schon wieder nass, dachte ich nur, während mit schon Wassertropfen aus den Haaren liefen. Ein kurzer Blick auf den Wasserfall, ein, zwei Fotos von den grandiosen Lichtreflexen und nichts wie weg zurück in die Sonne.

Auf dem Parkplatz angekommen, entdeckten wir neben einem Kiosk einen Steinbau. Unter einem Wellblechdach gab es drusische Pizza. Alles war hier sehr einfach, ja primitiv. Zuhause wäre der Laden nebst seiner Verkäuferin längst wegen Verstoß gegen Hygienevorschriften geschlossen worden. Auf dem fleckigen alten Holztisch stand so etwas wie eine eiserne gewölbte Halbkugel, aussehend ungefähr wie ein umgedrehter Wok, die über ein Kabel, das bestimmt keinerlei Normen entsprach, zum Erhitzen gebracht wurde.

Dahinter auf einem zweiten Tisch standen oder lagen die Zutaten.

Und das alles in einem wenig vertrauenserweckenden Zustand. Auch die alte Frau mit ihrer fleckigen Schürze, die zwischen den Tischen in einer matschigen Pfütze stand, hätte ich mir zuhause keinesfalls als Köchin oder Bedienung gewünscht.

Ein Gesundheitszeugnis deutscher Gründlichkeit hatte die bestimmt nicht.

Trotzdem!

Wir hatten in den vergangenen Tagen immer wieder gehört, wie fantastisch lecker so eine drusische Pizza sein sollte. Und so wurde trot aller äußeren Umstände bestellt.

Die Frau nahm von einem Stapel hauchdünner Teigblätter eines herunter und legte es auf die heiße Halbkugel bis sie glaubte, das es warm genug wäre.

Vorsichtig schälte sie das dampfende Teil ab, das ungefähr einen Durchmesser von 80 cm hatte und klappte es einmal zusammen.

Sie strich aus einem Topf sehr dünn dieses Hummus, diesen Kichererbsenbrei, darauf und verteilte dann darüber in reichlichem Maße Olivenöl.

Zu guter Letzt streute sie eine Gewürzmischung darüber und faltete dann das Ganze zu einem handlichen Viereck. Über das eine Ende wurde ein Papiertütchen gesteckt und schon konnte es gegessen werden.

Und wie gesagt, es schmeckte hervorragend.

Selina Yousuf stand in der Nähe und lächelte über unseren guten Appetit.

Und während wir noch da standen und mit Genuss unsere drusische Pizza verzehrten, riet sie uns, auch wenn wir keinen empfindlichen Magen hätten, heute Abend unbedingt ein Durchfallmittel prophylaktisch einzunehmen.

Viele Touristen hätten am nächsten Tag schon Probleme gehabt, sagte sie. Nicht so sehr wegen der hygienischen Voraussetzung. Eher deshalb, weil unser europäischer Magen eine derartige Gewürzmischung einfach nicht gewohnt war.

Mehrere Teilnehmer handelten dann mit der deutschen Reiseleitung eine längere Pause aus.

Wie ich aus der Diskussion mitbekam, luden die warme Sonne und der wunderschöne Ausblick auf die farbenprächtig blühenden Hänge einfach zu einem längeren Verweilen ein. Und wir waren ja nicht gerade sonnenverwöhnt worden in den letzten Tagen.

Schließlich erhielten wir eine viertelstündige Zusatzpause als Kompromiss.

An der Begrenzung des Parkplatzes lagen dicke Felsbrocken und ich setzte mich auf einen flachen, um den Rest meiner drusischen Pizza zu essen.

Dann nutzte ich die geschenkte Pausenzeit dazu, mich weiter mit meinem Buch zu befassen.

Aus dem Papiertütchen der Pizza war anscheinend, ohne dass ich es bemerkt hatte, etwas Öl ausgetreten. Auf jeden Fall mussten einer meiner Finger noch Reste davon anhaften. Als ich nämlich mein Buch aufschlug, hinterließ ich mitten auf einer Seite beim Umblättern einen fettigen Abdruck.

Zuerst ärgerte ich mich darüber, nicht besser aufgepasst zu haben. Später zuhause aber stellte ich ein kleines Phänomen fest. Ich schlug das Buch zufällig an genau dieser Stelle auf, sah den fettigen Abdruck und roch daran. Und automatisch hatte ich wieder den würzigen Geschmack der drusischen Pizza vor mir.

Erstaunlich wozu unsere Sinnesorgane manchmal fähig sind.

Weiter ging es nach der Pause auf die Golanhöhen.

Wir fuhren unsäglich viele Serpentinen hoch und plötzlich, wir trauten unseren Augen nicht, rechts und links der Straße Schnee.

Da ging vielleicht ein „Oh" und „Ah" durch den Bus und natürlich musste an einer geeigneten Stelle gehalten werden und alle strömten aus dem Bus raus um Fotos zu machen. Zu mindesten aber um zu prüfen, ob der Schnee echt war.

Und es war trotz Sonnenschein lausig kalt.

So eilten die meisten nach draußen, fotografierten wie wild und machten, dass sie schnell wieder in die Wärme des Businnern kamen.

Was hatten wir auf dieser Reise, die erst sieben Tage alt war, nicht schon alles erlebt? 20 Grad im Negev, Sandsturm, Regen, wieder so um die 18 Grad am See und jetzt Schnee und Eiseskälte.

Es ging weiter.

Im Drusendorf Masáda standen wir plötzlich in einem Stau.

Vor den Geschäften und Imbissbuden auf der rechten Busseite fand eine heftige Auseinandersetzung zwischen einem Dutzend Männer jeglichen Alters statt. Plastikstühle waren auf die Fahrbahn geflogen und hatten den Verkehr zum erliegen gebracht.

Und dann zog einer der Beteiligten eine Waffe und schoss in die Luft. Und das unmittelbar neben unserem Bus.

Da wurde es nicht nur mir Angst und Bange.

Einige Mitreisende duckten sich in ihre Sitze.

Eine Frau ganz vorne im Bus begann laut zu jammern und zu schreien.

Doch ehe es wirklich gefährlich werden konnte,

trennten einige herbeieilende Frauen die randa-lierenden Männer und führten die Streitenden in entgegengesetzte Richtungen auseinander.

Mittlerweile hatten die Fahrer der PKWs vor uns die Stühle von der Fahrbahn geräumt. Wir waren alle heil froh, als unser Bus die Fahrt wieder aufnehmen und wir unbeschadet unsere Tour fortsetzen konnten.

Im Bus wurde laut über die Sitzreihen hinweg diskutiert, was nicht alles hätte passieren können. Doch worum es in dieser Auseinandersetzung ging konnte auch Selina Yousuf natürlich nicht beantworten. Sie vermutete eine Art von eskaliertem Familienstreit.

Das Auftauchen einer israelischen Polizeistation nur einige hundert Meter hinter der Stelle, wo die Auseinandersetzung stattgefunden hatte, veranlasste ein Mitreisender zu fragen, warum denn von dort nicht eingegriffen wurde.

Bevor Selina Yousuf darauf antworten konnte , hatten wir den Polizeiposten auch schon passiert und jeder hatte die beiden israelischen Polizisten vor ihrem Jeep stehen sehen mit schusssicheren Westen und Maschinenpistolen.

Selina Yousufs Antwort löste im Bus heftige Proteste aus. Sie sagte nämlich, dass die Israels sich aus solchen intern arabischen beziehungsweise hier drusischen Querelen in der Regel heraushalten würden. Damit stieß sie auf ein allgemeines Unverständnis.

Der Zwischenfall war immer noch Gesprächsthema als wir den Aussichtspunkt auf den Golanhöhen erreichten und uns jetzt gegen die Kälte gewappnet hinaus in den Schnee begaben.

Der Blick nach Norden ging talwärts in eine weite Ebene, in deren Hintergrund die Oberfläche eines Sees das Sonnenlicht reflektierte. Dort war bereits Syrien.

Zwischen unserem Aussichtspunkt und dem See ungefähr in der Mitte der Talebene lagen flache Gebäude und davor standen gut erkennbar Fahrzeuge mit dem UN-Emblem. Die UNO war hier zwischen den Grenzen präsent um mögliche Grenzkonflikte zwischen Israelis und Syrien zu verhindern.

Über dem See in der Ferne lag eine große Dunstwolke. Ansonsten war das Einzige, was mir auffiel, diese besondere Stille, die hier herrschte. Es wirkte auf mich irgendwie wie die Ruhe vor dem Sturm. Ich musste daran denken, wie unversöhnlich sich Syrer und Israelis hier gegenüberstanden.

Die Rückfahrt bescherte uns einen sagenhaften

Sonnenuntergang in den Bergen Obergaliläas.

Nach dem Abendessen in Tabgha saßen wir innerhalb der Reisegruppe noch lange zusammen und sprachen über die heutigen Ereignisse und Eindrücke.

Später dann auf meinem Zimmer stellte ich fest, dass es schon sehr spät war. Ich war müde, mein Fußgelenk pochte, aber anstatt zu duschen und zu packen, setzte ich mich draußen auf den Balkon. Es war noch angenehm warm hier am See und so las ich noch einen Abschnitt aus meinem Buch.

Ich war auch viel zu aufgekratzt, um jetzt einfach ins Bett zu gehen. Durch das Licht, das aus meinem Zimmerfenster nach draußen fiel, konnte ich die Buchstaben noch gerade so erkennen.

Irgendwann schaffte ich es dann doch noch unter die Dusche zu steigen, nicht ohne vorher meine Schuhe von der eingetrockneten Schicht aus Schlamm und Dreck befreit zu haben.

Mein elastischer Verband müffelte und ich wusch ihn mangels Waschpulver mit Duschbad aus. Hoffentlich war er morgen früh wieder trocken.

Bevor ich endgültig zu Bett ging, schaffte ich es auch noch meinen Koffer zu weit wie möglich zu packen. Morgen ging es nach Jerusalem. Also brach die letzte nacht hier in Tabgha an.

Das Pilgerhaus hier am See und mein Zimmer waren mir in den paar Tagen richtig ans Herz gewachsen. Gerne wäre ich noch geblieben. Aber am Morgen hieß es Abschied nehmen.

Schade!

9.   Caesarea maritima

Es begann gerade hell zu werden, als ich er-wachte. Und obwohl ich es versuchte, gelang es mir nicht wieder einzuschlafen. Also stand ich auf und packte die Reste meines Koffers.

Der elastische Verband war tatsächlich über Nacht getrocknet und wurde sorgsam von mir aufgerollt und in den Rucksack verstaut.

Sehr früh war ich also schon zur Abreise fertig.

Um mir die Zeit bis zur Morgenmeditation am Seeufer zu vertreiben, ging ich schon einmal hinunter an den See. Die Sonne schien und überall glänzte ein strahlend blauer Himmel, sowohl über mir, als auch als Spiegelbild auf dem Wasser.

Ich genoss die stille Atmosphäre, die Sonne, die den See glitzern ließ, die Stille, die Vogel-stimmen in den Bäumen um mich herum.

Dann erlag ich der Versuchung, mir Schuhe und Strümpfe auszuziehen und tastete mich über die runden Kiesel zum Wasser vor. Wie die erste sanfte Welle meine Zehen traf, zuckte ich zusammen, so kalt war das Wasser.

Und plötzlich hörte ich eine Stimme.

Katharinas Stimme.

Ich blinzelte gegen die Sonne.

Zirka drei Meter vor mir ragte ein Felsbrocken aus dem Wasser.

Auf diesem Felsbrocken saß Katharina. Sie hatte unser Baby im Arm und stillte es.

Ich war wie erstarrt.

Und wieder erklang ihre Stimme, ganz leise und zärtlich. So wie ich sie in Erinnerung hatte, wenn wir uns unterhielten eng aneinander gekuschelt auf der Couch zuhause.

„Komm, schau dir unser Baby an!"

Ohne die Kälte des Wassers mehr zu spüren, ging ich immer weiter vom Ufer weg auf den Felsbrocken zu. Dort angekommen, sah ich wie das kleine Etwas auf Katharinas Schoß mit geschlossenen Augen an der Brust der Mutter nuckelte.

Ich konnte nichts sagen, war wie zugeschnürt, so tief traf mich der Anblick von Mutter und Kind.

Katharina legte mir ihre freie Hand an die Wange.

„Du bist schlecht rasiert!"

Ich musste lachen mit Tränen in den Augen. Und sie lachte mit.

Das Baby schreckte kurz auf, öffnete halb die Augen um gleich wieder weiterzuschlafen.

„Ich konnte nicht einfach so gehen."

Katharina war jetzt wieder ernst.

„Wir konnten uns noch nicht einmal voneinander verabschieden, so schnell wie alles ging und dabei wollte ich dir noch so viel sagen."

Jetzt wagte ich meinen kleinen Finger in das Fäustchen des Babys zu stecken und als ich die sanfte Berührung spürte, mit dem es mich umklammerte, hätte ich losheulen können. Sagen konnte ich immer noch nichts.

Katharina liefen jetzt Tränen über die Wangen, die ich ganz zärtlich mit den Fingern meiner freien Hand wegwischte.

„Ich bin so froh, dir noch sagen zu können, dass es uns beiden gut geht."

Ihre Stimme war kaum mehr als ein Flüstern wie das Rauschen einer Brise in den Blättern der hohen Bambusbüsche an nahen Ufer.

Meine Kehle war rau und trocken. Ich nahm ganz fest ihre Hand und reckte mich hoch, um sie zu küssen. Aber sie wandte den Kopf leicht zur Seite, sodass meine Lippen nur ihre Wangen streiften.

„Nein! Nein, das macht es alles nur noch trauriger, mein Schatz!"

Sie schniefte, ließ meine Hand los und strich sich die Haare aus dem Gesicht, die ein leichter Wind bewegte.

„Jetzt, da du weißt, dass es uns gut geht und wir dich nie vergessen werden, brauchst du nicht mehr traurig zu sein.

Dein Leben geht weiter und ich wünsche dir, dass du es wieder genießen kannst. Versuche wieder glücklich zu sein, auch wenn du dir das jetzt noch nicht so richtig vorstellen kannst.!

Ich wollte wieder ihre Hand nehmen und ihr so viel sagen. Aber am meisten wollte ich, dass sie blieb.

Das Einzige, was mir über die Lippen kam, war ein heiseres: Ich liebe dich.

Damit schaffte ich es aber, wieder ein Lächeln in ihr Gesicht zu zaubern.

„Wir lieben dich auch, aber unsere Zeit ist um und wir müssen dich jetzt verlassen."

„Nein!"

Ich hatte mit diesem Schrei meine laute Stimme wiedergefunden, aber die Konturen von Mutter und Kind wurden immer unschärfer. Ob das an meinen Tränen lag?

Dann hörte ich noch einmal ihre Stimme:

„Ach und sei Gott nicht böse, dass er das Ganze nicht verhindert hat, aber er hatte so viel zu tun.“

Ich hörte wieder ihr Lachen, sehen konnte ich sie fast nicht mehr.

„Nein, Katharina, komm zurück!“

Wieder und wieder versuchte ich sie festzuhalten, aber meine Hände berührten nur den kalten Stein.

Und ich heulte los wie ein Schlosshund. Und mit den Tränen schien sich das schwarze Loch in mir mit Farben, Gerüchen und Geräuschen zu füllen, bis nichts mehr ging und auch meine Tränen aufhörten.

Und plötzlich fühlte ich andere Hände, die mich sanft an Arm und Schulter hielten und langsam in Richtung Ufer drehten.

Erst nachdem ich mir mit dem Ärmel über die Augen gewischt hatte, sah ich, dass es Selina Yousuf war. Sie stand auf den trockenen Kieseln am Ufer und bugsierte mich vorsichtig aus dem Wasser. Mit Erstaunen stellte ich fest, der See umspülte nur meine Füße, alles andere war trocken, obwohl der Felsbrocken etliche Meter von mir entfernt immer noch reglos aus dem Wasser ragte.

„Kommen Sie!",

sagte Selina Yousuf zu mir und zog mich vollends auf den trockenen Strand.

„Sagen Sie mir, ob ich Ihnen helfen kann!"

Sie half mir, mich zu setzen. Jetzt erst spürte ich die Kälte in meinen Füßen. Ich trocknete mir die Füße ab und zog Strümpfe und Schuhe wieder an.

Als ich aufstand, noch ganz wackelig auf den Beinen, frage sie mich, ob es wieder einigermaßen ginge.Ich nickte nur.

„Kann ich Sie alleine lassen?"

Auch diese Frage bejahte ich. Trotzdem hackte sie sich bei mir ein und wir gingen ein Stück weit am Ufer entlang.

Hinter hohen Schilfstängeln war schon die komplette Reisegruppe zur Morgenmeditation versammelt. Hier lagen Baumstämme als Sitzbänke und alle sahen uns an, als wir als Letzte zu der Gruppen stießen.

Während ich mich dazu setzte, flüsterte Selina Yousuf mir zu:

„Hier haben Sie Gelegenheit, langsam wieder zu sich zu finden."

„Danke!"

Mehr brachte ich nicht heraus.

Von der anschließenden Morgenmeditation dort am Ufer des Sees Genesareth bekam ich nichts mit, zu sehr waren meine Gedanken noch bei dem Erlebten von vorhin.

Und nach einiger Zeit des Nachdenkens konnte ich mir auf diese Begegnung keinen Reim machen. Was war nur mit mir geschehen?

Als wir zum Frühstück aufbrachen, waren alle sehr still. Wie es schien, fiel allen der Abschied von Tabgha schwer. Und mit jetzt erst recht.

Mein Grundgedanke war: Katharina und dem Baby ging es gut.

Und mir?

Wie konnte es mir wieder gutgehen?

Mit Verwunderung merkte ich allerdings, dass sich auch eine gewisse Erleichterung in mir breitmachte und das Gefühl stärker wurde, von einer unsichtbaren Last befreit zu sein.

„Sie müssen jetzt ganz bewusst für sich selbst Sorge tragen!"

Die Stimme meiner Psychotherapeutin drängte sich in meine Überlegungen.

„Sobald sie damit anfange, ernsthaft anfangen, werden Sie auch ihr inneres Gleichgewicht wiederfinden. Und dann werden Sie merken, dass da meistens sogar jemand ist, der Ihnen in vielerlei Hinsicht behilflich sein möchte. Auch da, wo Sie es nicht vermuten!"

Während des Frühstücks und einem anschließenden Gruppenfoto zum Abschied aus Tabgha auf der sonnenbeschienenen Terrasse vor der Café-Bar, kehrte die gut gelaunte Stimmung der letzten Tage in die Reisegruppe zurück.

Doch ich hatte den Eindruck, dass alle sich mir gegenüber anders verhielten.

Als mir das Malheur mit dem umgeknickten Fuß passierte, war mit eine Welle der Hilfsbereitschaft und Besorgtheit entgegen geschwappt. Heute Morgen war das anders. Heute Morgen spürte ich eine gewisse Reserviertheit mir gegenüber und begann mich zu fragen, wie viel die Reisegruppe wohl von meiner „Erscheinung" am See mitbekommen hatte.

Vielleicht lag es aber auch daran, dass ich mich bisher ziemlich abgekapselt hatte. Fragen beantwortete ich nur äußerst knapp und in längere Gespräche ließ ich mich erst gar nicht verwickeln.

Gegen 9.00 Uhr traten wir dann unsere gut eineinhalb stündige Fahrt nach Caesarea Maritima ans Mittelmeer an.

Ich hatte mich wie üblich auf die Rückbank gesetzt und starrte müde aus dem Fenster. Während der Bus sich langsam die steilen Straßen in die Berge Galiläas hochschraubte, schaute ich immer wieder auf den kleiner werdenden See Genesareth. Meine Gedanken folgten noch einem Szene für Szene dem, was mir heute Morgen dort begegnet war und der Kloß im Hals war schwer und dick und nicht runter zu bekommen.

Kurz nach Beginn der Fahrt begann Selina Yousuf uns einiges über innerjüdische oder besser vielmehr über innerisraelische Verhältnisse zu erzählen.

Ich hörte kaum hin. So interessant ich das alles bisher fand, mein Kopf war im Moment voll von anderen Bildern und Gedanken.

So merkte ich auch recht spät, dass Selina Yousuf ihren Vortrag beendet und durch den Bus nach hinten in meine Richtung unterwegs war. Immer wieder wurde sie angehalten und in ein Gespräch verwickelt.

Zwei Reihen vor mir saßen rechts und links vom Gang zwei Ehepaare. Als Selina Yousuf auf ihrer Höhe war, brachten sie lautstark ihre Verwunderung darüber zum Ausdruck, wie schmal Israel an so manchen Stellen war, wenn man das Land von Osten - also vom Jordan her - in

Richtung Westen zum Mittelmeer befuhr. Ein Ehepaar hatte eine Landkarte ausgebreitet, um ihre Überlegung anschaulich zu untermauern.

Ungewollt musste ich schmunzeln, als einer der Ehemänner die Bemerkung machte, wenn er vom Rhein aus in Richtung Osten führe, wäre er nach eineinhalb Stunden gerade einmal durch das Sauerland durch.

Dem weitern Gespräch folgte ich dann nicht mehr, weil ich mich auf meiner Rückbank umdrehte und die Vorhänge beiseite schob. Ich wollte noch einen letzten Blick auf die im Sonnenlicht glitzernde Fläche des Sees Genesareth werfen.

Und dann setzte sich Selina Yousuf neben mich.

„Wie geht es Ihnen?"

Ich schluckte und räusperte mich.

„Danke, ganz gut."

Ich sah sie von der Seite an, konnte aber keinerlei Reaktion ihrem Gesicht entnehmen, ob sie mir glaubte oder nicht. Sie sah geradeaus und hatte ihre Hände in ihrem Schoß verschränkt.

Als sie weiter schwieg, suchte ich nach passenden Worten. Ich wollte ihr eine Erklärung dafür geben, was ich heute Morgen am See erlebt hatte, ohne jedoch allzu viel von mir damit preiszugeben. Aber anstatt dass mir etwas Gescheites einfiel, dehnte sich das Schweigen immer weiter aus und die Hilflosigkeit, mich verständlich mitteilen zu können, machte mich nur wütend. Das Schweigen wurde in mir wie ein zu stark aufgeblasener Luftballon, der zu platzen drohte. Da ergriff endlich Selina Yousuf wieder das Wort:

„Ich bin sehr oft mit Reisegruppen unterwegs, das ist mein Job. Dabei lerne ich die unterschiedlichsten Menschen kennen. In den meisten Fällen ist das Kennenlernen nur oberflächlich, weil die Zeit, in der wir zusammen unterwegs sind, zu kurz ist."

Sie machte eine Pause und fuhr sich mit dem Zeigefinger über die Oberlippe, auf der ganz schwach kleine Schweißperlen schimmerten.

„Für mich ist es wichtig, Stimmungen in einer Gruppe mitzubekommen, damit ich darauf reagieren kann."

Wieder fuhr sie mit dem Zeigefinger die Oberlippe entlang.

Aus einem mir nicht erklärlichen Grund spürte ich, dass da mehr war bei ihr als reine Neugierde. Ihre Anteilnahme bewirkte, dass dem zu platzen drohenden Luftballon in mir ganz allmählich die Luft entwich.

„Ich weiß nicht, wie ich es Ihnen erklären soll, aber ich hatte von Beginn an mit dieser Reisegruppe das Gefühl, dass Sie etwas bedrückt. Fragen Sie mich nicht warum, es war einfach so."

Jetzt sah sie mich an und lächelte dabei.

„Manchmal tut es gut, mit einem völlig Fremden über seine Probleme zu sprechen. Ich möchte mich Ihnen keinesfalls aufdrängen, aber vielleicht kann ich nach heute Morgen Ihnen durch einfaches Zuhören behilflich sein.

Mir fielen die Worte meiner Psychotherapeutin ein, die mir genau so etwas prophezeit hatte.

„Wenn Sie mich jetzt aufdringlich finden, sagen Sie es mir und ich verschwinde ganz einfach wieder nach vorne!"

Ich starrte geradeaus.

Wollte ich das? Würde es mit mir etwas bewirken, wenn ich ihr von mir erzählte?

Noch während ich das Für und Wider abwog, hatte ich längst begonnen, ihr vom Tod Katharinas zu erzählen. Und ich redete und redete.

Ich erzählte ihr, wie ich Katharina auf so einer Israelreise vor mehr als 14 Jahren kennen gelernt hatte und wir uns nach etlichen Schwierigkeiten zusammengefunden hatten.

Ich erzählte ihr, dass es die aufregendste und zufriedenste Zeit meines Lebens gewesen war und ich der Geburt unseres Kindes als einen Höhepunkt entgegenfieberte.

Der Tod Katharinas und unseres Babys hatten ein schwarzes Loch in mir aufgerissen, das sich seither nicht mehr mit Licht und Farben füllen ließ. Das Schmerzlichste, erzählte ich ihr, war mir erst heute Morgen bewusst geworden, Katharinas Tod war ein Abschied für immer und ich hatte mich nicht einmal von ihr verabschieden können. Eben noch war sie frisch und lebendig da gewesen und im nächsten Augenblick für immer verschwunden.

Ich erzählte ihr, dass ich heute Morgen Katharina mit unserem Baby auf diesem Felsbrocken im See Genesareth getroffen hatte. Sie gab mir die Gelegenheit zu sehen, dass es beiden gut ging. Und ich hatte die Gelegenheit gehabt, auf Wiedersehen zu sagen. Und das hatte viel zur Linderung meiner traurigen Gefühle beigetragen, aber nicht alles.

An dieser Stelle meiner Gedanken schwieg ich und merkte, Selina Yousuf hatte meine Hand in ihre Hände genommen. Und ihre Hände mit meiner Hand mittendrin lagen in ihrem Schoß.

Mein Unterarm ruhte auf ihrem Oberschenkel. Ein warmes, prickelndes Gefühl drang durch den Stoff ihres Kleides. Und es fühlte sich so lebendig an, dass ich gar keinen Gedanken daran verschwendete, ihr meine Hand wieder zu entziehen. Eine lang vergessene Erregung stieg in mir auf. Mein Mund war wie ausgetrocknet. Ich musste mich erst sammeln, um weiter erzählen zu können.

Und ich begann von meiner ersten Israelreise zu erzählen, die so ganz anders verlaufen war, als ich mir je hätte ausdenken können.

In der Annenkirche in Jerusalem sprach mich Gott in Gestalt einer alten Frau an. So glaubte ich jedenfalls damals. Er oder Sie verlangte von mir, wie ein Prophet tätig zu werden. Ich sollte der Welt verkünden, es würde so nicht weitergehen mit all dem Elend, dem Hunger, der Ausbeutung, dem Morden und den Kriegen.

Natürlich hatte ich mich geweigert.

Aber Gott hatte nicht locker gelassen.

Um zu verstehen, wie so ein Prophet funktionierte, schickte er mich zum Anschauungsunterricht von den unterschiedlichsten Orten meiner Israelreise in die Zeit des Propheten Amos, der so um 800 vor Christus aufgetreten war.

Das alles war für mich damals Stress pur. Von

der eigentlichen Israelreise bekam ich so gut wie nichts mit.

Im Wadi Tekoa erlebte ich die Geburt des Amos und in Jerusalem seine Hochzeit. In Bet-El sah ich ihn genauso seine prophetische Botschaft verkünden wie wenig später in der Hauptstadt Samaria. Das Letzte, was ich von Amos mitbekam, war sein Tod und Begräbnis. Bei dieser letzten Zeitreise hatte mich damals Katharina sogar begleitet.

Ich blickte jetzt zum ersten Mal Selina Yousuf direkt an, um zu sehen, ob sie mich vielleicht für verrückt halten würde. Aber sie hielt nur weiter meine Hand und als sie mich anblickte mit ihren dunklen Augen war nichts zu erkennen, das auf Unverständnis oder auch nur Mitleid schließen ließ.

Nach kurzem Schweigen fragte sie:

„Und wie ist deine Geschichte ausgegangen?"

Ich antwortete ihr, dass ich bis heute nicht wüsste, ob das alles vor 14 Jahren nicht nur Spinnereien, Illusionen oder was weiß ich gewesen wäre.

Damals jedoch musste ich mich entscheiden und schob diese Entscheidung immer wieder vor mich her.

Doch eines Tages, auf einer Nordseeinsel, wurde ich von Gott nochmals nachdrücklich daran erinnert. Er stellte sich mir als Johann Wilhelm Heinrich Hansen, abgekürzt JHWH, vor.

Selina Yousuf sah mich an und begann zu grinsen:

„Echt! Das kann sich niemand ausdenken, oder?"

Sie lächelte mich an und bat mich weiter zu erzählen.

Ich wählte damals einen Kompromiss

Ich schlug vor, meine Erlebnisse aus der Amoszeit und was mich dazu gebracht hatte, auszuschreiben. Ich würde einen Roman daraus machen und es könnte jeder, den es interessiert, darin nachlesen.

Das Verblüffende war, dass sich Gott auf diesen Vorschlag einließ und damit einverstanden war. Also schrieb ich ein Buch.

„Haben viele dein Buch gelesen?"

„Nein, ein paar. Hundert vielleicht."

Selina Yousuf löste eine Hand von meiner und fuhr sich wieder mit dem Zeigefinger über die Oberlippe. In dem Moment war ich versucht, meine Hand aus ihrer zu lösen, weil ich nicht glaubte, länger ihrem Hände- und Schenkeldruck standhalten zu können.

Aber es blieb bei dem gedanklichen Versuch. Das Gefühl war einfach zu angenehm.

Deshalb erzählte ich auch schnell weiter.

„Seit damals ist die ganze Geschichte mehr und mehr verblasst. Geblieben ist nur die gemeinsame Erinnerung von Katharina und mir an eine „traumhafte" Reise. Und selbst das ist jetzt Vergangenheit."

Jetzt schaffte ich es unter Aufbietung meiner gesamten Willenskraft, die Hand langsam aus ihren Händen herauszuziehen. Kaum war mir das gelungen, tat es mir auch schon leid.

„Das was mir am unverständlichsten ist, warum JHWH den Tod Katharinas und des Babys einfach so zugelassen hat. Warum hat er es nicht verhindert?"

Und dann artikulierte ich zum ersten Mal laut den Satz, der schon so lange in meinen Gedanken gebrodelt hatte:

„Ich dachte, ich hätte einen ganz guten Draht zu Gott, aber er schweigt einfach."

Ich starrte den Gang im Bus entlang und spürte die Bitterkeit, die diese Erkenntnis in mir heraufbeschwor.

Wir näherten und Caesarea Maritima und Selina Yousuf stand auf und stellte sich in den Gang direkt vor mich. Sie sah mir in die Augen und ich hoffte inständig, jetzt nicht wieder weinen zu müssen. Es half nichts, feuchte Augen bekam ich trotzdem und das war mir peinlich.

Sie strich vorsichtig mit ihren Fingerkuppen über meine Wangen bis ich mich wieder einigermaßen gefangen hatte und klar sehen konnte.

Ich musste lächeln, weil mir die Situation völlig irrational vorkam. Eine Fremde wischte mir wie einem kleinen Kind die Tränen ab und hatte die ganze Zeit meine Hand gehalten, um mir Trost zu spenden.

Das war schon verrückt, aber es tat auch so verdammt gut.

„Aber JHWH hat nicht geschwiegen."

So wie mich Selina Yousuf jetzt ansah, hätte ich sie beinahe umarmt.

„Du wirst dich an den heutigen Morgen immer wieder erinnern als den Tag, an dem Gott deine Trauer beendete."

„Bitte?"

„Ja, seit heute Morgen kannst du die Trauer hinter dir lassen, nachdem du hast Abschied nehmen können und das Leben wieder von einer anderen Seite betrachten."

Sie sah mich noch immer an und dann legte sie noch einmal ihre Hand an meine Wange:

„Wir sind gleich in Caesarea Maritima und ich muss mich wieder in meine Reiseleiterrolle begeben. Bist du ok.?"

Ich nickte nur.

„In Ordnung! Ich denke, wir haben bestimmt noch die ein oder andere Gelegenheit weiterzureden."

Sie lächelte mich an und bevor sie sich umdrehte, küsste sich mich ganz flüchtig auf die Wange. Dann ging sie den Gang entlang nach vorne.

Mir fiel auf, wir hatten uns die ganze Zeit geduzt. Und meine Wange war ganz heiß an der Stelle, an der sie mich berührt hatte.

Und der Bus bog ein auf einen Parkplatz an der Ausgrabungsstätte von Caesarea Maritima.

Und ich war zurück aus einem Wechselbad vielfacher Gefühle in die stinknormale Welt einer Studienreise in Israel.

Und das war auch gut so!

Wir stiegen aus dem Bus und erreichten nach Passieren der Eingangskontrolle zunächst das Theater. Von den obersten Rängen aus, hatte man einen kompletten Überblick über das weitläufige Gelände dieser Ausgrabungsstätte.

Neben den Palästen in Jerusalem, Masada, Jericho und Machärus hatte Herodes der Große hier eine riesige moderne römische Stadt errichtet.

Als mir das Gigantische der ausgegrabenen Ruinen dort oben, vom obersten Rang des Theaters aus gesehen, bewusst wurde, fiel mir nichts anderes ein, als dass dieser Herodes wohl ein echter Spinner gewesen sein muss.

Allein das Aquädukt, das Wasser vom fernen Karmelgebirge über eine Länge von zig Kilometern bis hierher in die Stadt beförderte, war eine Megaleistung.

Zunächst hatten wir das Theater in dieser noch frühen Morgenstunde ganz für uns allein.

Also spielten wir Theater.

Die Frauen unserer Reisegruppe setzten sich auf die mittleren Ränge und verlangten von uns Männern, ihnen von der steinernen Bühne aus ein Ständchen zu singen. Wir kamen dem Wunsch natürlich gerne nach und erledigten diese Aufgabe mit Inbrunst, aber vielleicht nicht mit der optimalen Harmonie.

Anschließend wechselten wir die Positionen und

die Frauen führten für uns den am See einge-
übten israelischen Volkstanz vor.

Mit Genugtuung stellte ich fest, ich war wieder
mitten im Leben und nur die Erinnerung an die
Berührung meines Arms mit Selina Yousufs
Oberschenkel flammte kurz auf, als ich sie da
unten mit den Frauen tanzen sah. Bei einer
schnellen Drehung flatterte ihr buntes Sommerkleid für einen kurzen Augenblick auf wie
ein bunter Vogel und gab den Blick auf ihre
Oberschenkel frei.

Vom Theater aus gingen wir durch ausgegra-
bene Mauerreste und kamen an das Ufer des
Mittelmeers, an einen Teil des herodianischen
Palastes, die bis ins seichte Wasser reichten.

Am Eingang dieses Komplexes stand aufgerich-
tet ein gebrochener weißer Stein, auf dem so
gerade noch eine lateinische Inschrift zu erkennen war. Hätte Selina Yousuf uns nicht darauf hingewiesen, wären wir alle wahrscheinlich
achtlos daran vorbeigegangen.

Sie blieb davor stehen und zeigte mit dem Finger auf ein paar Buchstaben mitten im Stein
und las uns vor: PILATUS.

Wenn Pilatus nicht in Jerusalem residierte wie
an hohen jüdischen Feiertagen, dann wohnte er
hier in diesem Palast am Meer, erklärte sie uns.

Natürlich hat er sich hier dann auch verewigen lassen.

Der nächste Haltepunkt war ein Areal, welches früher den Kern der Stadt dargestellt hatte. Sehr viele Grundmauern und Räume hatte man hier freigelegt. Alle diese Räume wiesen gut erhaltene Mosaikfussböden auf. Es waren so viele, die im Sonnenlicht immer noch ihre prächtigen Farben entfalteten, dass ich nach einem Dutzend aufhörte sie zu zählen.

Mitten in den Ruinen dieser einstmals prächtigen römischen Stadt hatten im 13. Jahrhundert die Kreuzfahrer ihre eigenen Bauwerke errichtet. Und in unserer Zeit bauten bosnische Muslime, die in den Wirren des Krieges im ehemaligen Jugoslawien hierhin ausgewandert waren, in den zerfallenen Behausungen der Kreuzfahrer ihre eigenen Wohnstätten.

Ein Konglomerat von ineinander geschachtelten Epochen und Baustile tat sich vor uns auf.

Aufgrund des anhaltenden Touristenbooms waren in den letzten Jahren hier kleine Plätze mit Restaurants und Cafés entstanden, die sich stilvoll in die ehemaligen Überreste von Burgmauern und Ritterbehausungen einschmiegten.

In einem Teil, der sich „Katzendomizil" nannte, ergatterte ich in so einem kleinen Café ein stilles Plätzchen. Bei einem Thunfisch-Baguette und einigen äußerst herzhaften Fleisch-Klöß-chen wollte ich hier meine Mittagspause ver-bringen.

Die meisten anderen aus unserer Reisegruppe waren ein kurzes Stück weiter in ein feudales Restaurant eingekehrt, das an einem größeren Platz lag, der sich bis zu der Ausgrabungsstätte einer antiken Rennbahn hin erstreckte.

Ich aß genußvoll mein Mittagsmenü und beob-achtete dabei voller Argwohn die zahlreichen Katzen in allen Farbkombinationen und Schat-tierungen, die unter Tische und Stühle und an den Ständern der Sonnenschirme herumstreif-ten. Gott sei Dank kam mir keine so nahe, dass ich mir um mein Brot und meine Falafel Sorgen machen musste.

Zu meinem Menü hatte ich mir ein Glas frisch gepressten Granatapfelsaft bestellt. Der wurde mir aber erst gebracht, als ich das Brot und die Fleischklößchen ziemlich aufgegessen hatte.

Granatapfelsaft hatte ich noch nie probiert und war angenehm überrascht wie fruchtig der schmeckte.

Da die Katzen hier in ihrem Domizil keine aktu-elle Gefahr einer Belästigung darstellten, be-schloss ich den Rest meiner Pause mit meinem

Buch zu verbringen.

Einige Zeit später schaute ich von meinem Bich auf. Ich hätte gerne noch weiter gelesen, aber ein Blick auf meine Uhr zeigte mir, dass jetzt nicht weiter Zeit dafür war.

Die Mittagspause war zu Ende und nachdem alle sich pünktlich am Treffpunkt eingefunden hatten, ging es wieder hinein in die Ausgrabungsstätte, die - wie gesagt - riesengroß war.

Auf dem Weg am Strand des Mittelmeers vorbei in Richtung Aquädukt und Busparkplatz trafen wir landeinwärts auf eine Abbruchkante. Und Selina Yousuf zeigte uns die einzelnen Besiedlungsphasen dieses Gebietes anhand von unterschiedlichen Erd- und Gesteinsschichten. Überall ragten Scherben aus diesen Schichten und wir staunten nicht schlecht, als wir erfuhren, dieses ganze Gebiet müsste noch archäologisch erfasst und ausgegraben werden.

Und das würde wahrscheinlich noch Jahre, wenn nicht Jahrzehnte, dauern.

Überhaupt lagen hier am Strand mehr Scherben einfach so im Sand herum - aus welchen Epochen auch immer - als in so manchem Museum zu finden sind.

Ich stieß mit dem Fuß an ein Stück Henkel.

Diese Gelegenheit nutzte Selina Yousuf um der ganzen Gruppe zu erklären, der Ausfuhr - ja sogar nur der Besitz - derartiger Gegenstände sei verboten und werde je nach Schwere und Umfang mit mherjährigen Gefängnisstrafen geahndet.

Ich wollte das klobige Teil auch gar nicht behalten oder gar mitnehmen, sondern zeigte es nur ein paar anderen Mitreisenden, bevor ich es wieder in den Sand warf.

Jemand aus der Gruppe, der meine Vorliebe für Cappuccino kannte, nahm es kurz in die Hand und bemerkte dazu in meine Richtung, es würde sich bei dem Teil wohl um den Henkel einer spätbyzantinischen Cappuccino-Tasse handeln.

Bei den Umstehenden löste dies einen Heiterkeitsausbruch aus und ich musste mir, selbst als ich den Henkel wieder weggeworfen hatte, noch den ein oder anderen Seitenhieb auf meinen Cappuccino-Tick anhören.

Bis gegen 15.00 Uhr blieben wir in Caesarea Maritima und hatten dann zirka zwei Stunden Fahrt vor uns im Berufsverkehr bis nach Jerusalem. Etliche Male standen wir in und um Tel Aviv herum im Stau. Diese Gelegenheit benutzte ich dazu, um zum ersten Mal Fotos aus dem Bus heraus zu machen.

Die Skyline von Tel Aviv ist schon beeindruckend und erinnerte mich an eine ähnliche in amerikanische Filmen.

Mit der untergehenden Sonne fuhren wir in Jerusalem hinein.

Sobald wir durch die Straßen des modernen Jerusalems fuhren, erinnerte ich mich daran, dass bei dem Besuch der Stadt vor vielen Jahren, ein recht zwiespältiges Gefühl mich beherrscht hatte.

Jerusalem!

Ein Reizwort schlechthin.

Jerusalem, Anziehungspunkt für so viele Menschen von überall auf der Welt.

Jerusalem, Mittelpunkt dreier Weltreligionen.

Jerusalem, Streitpunkt zwischen Israelis und Palästinenser.

Jerusalem!

Und ich wieder einmal mittendrin.

Der Bus hielt auf einem öffentlichen Busbahnhof, da er nicht näher an unser neues Domizil heranfahren konnte. So mussten wir mit unseren Koffern ein kleines Stück durch den abendlichen Verkehr gehen, bis wir das Paulushaus in der Nähe der Altstadtmauer erreichten.

Nach Tabgha machte das hundertjährige Paulushaus einen eher bescheidenen Eindruck, hatte aber doch ein ganz eigenes Flair.

Ohne auszupacken oder mich umzuziehen, ging es in Anbetracht der vorgerückten Stunde direkt zum Abendessen.

Danach nutzte ich als erstes die Gelegenheit, auf die Dachterrasse hochzusteigen. Der Anblick, der sich von hier aus bot, hatte was.

Neben dem regen Betrieb vor dem Damaskustor schräg unter mir und der beleuchteten Altstadtmauer gegenüber, dem Hupen der Autos, den Rufen der Verkäufer von Tee und Erfrischungsgetränken, bot sich hier ein wunderschöner Blick auf die Altstadt, auf die goldene Kuppel des Felsendoms im Licht der untergehenden Sonne und auf die graue Kuppel der Grabeskirche. Erst als es vollkommen dunkel war und die abendliche Kühle mich frösteln ließ, konnte ich mich von dem Bild losreißen.

Auf meinem Zimmer, das in den Hinterhof hinausging und deswegen sehr ruhig lag, verstaute ich meine Sachen aus dem Koffer in einen Schrank. Die letzten Nächte in Israel würden wir hier in Jerusalem verbringen. So hatte ich am Tag der Abreise die Möglichkeit, meinen Koffer wieder gescheit zu packen.

Nach dem Duschen spürte ich eine bleierne Müdigkeit und ging sofort zu Bett, denn am Morgen sollte es schon recht früh losgehen.

Übergangslos musste ich eingeschlafen sein, denn als mich laute Stimmen auf dem Flur hochschreckten, war es noch nicht einmal Mitternacht.

Und ich hatte geträumt.

Traumfetzen drängten sich jetzt in meine Erinnerung, während ich stocksteif da lag und dem abklingenden Lärm auf dem Flur lauschte.

Hand in Hand war ich in meinem Traum am Strand von Caesarea Maritima mit Katharina entlang geschlendert. Unter den nackten Füßen spürte ich den weichen feuchten Sand des Mittelmeers und fröstelte jedesmal, wenn eine auflaufende Welle kaltes Meerwasser um meine Zehen spülte.Ab und zu stieß mein Fuß auf etwas Hartes. Dann bückte ich mich und buddelte aus dem Sand den Henkel einer byzantinischen Cappuccino-Tasse. Ich zeigte sie jedesmal der Frau neben mir und hörte dann Katharinas Lachen. Nach einem erneuten Fund hatte sich dieses Lachen aber verändert. Obwohl ich immer noch ihre Hand mit der meinen umschloss, war das nicht mehr Katharinas Lachen. Bevor ich mich jedoch vergewisserte, wer da neben mir ging, schloss ich die Augen, um das warme Sonnenlicht auf meinem Gesicht zu genießen. Und da spürte ich plötzlich Lippen auf meinem Mund und ehe ich mich versah, war ich in einem leidenschaftlichen Kuss gefangen. An Stelle der Hand in meiner, tastete ich die warme Haut eines Oberschenkels. Und als ich jetzt zu der Frau sah, die mich geküsst hatte, war es nicht mehr Katharina gewesen, sondern Selina Yousuf.

Auf dem Flur vor meinem Zimmer war es wieder still geworden.

Immer noch lag ich regungslos da, so wie ich aufgewacht war.

Die Erregung meines Traumes ebbte langsam ab. Ich merkte ein Bedauern. Ein Bedauern darüber, dass alles nur ein Traum gewesen war.

What ever!

Jedenfalls schlief ich mit diesem Gefühl des Bedauerns wieder ein.

Keine zwei Stunden später war ich wieder wach.

Wieder hatte ich geträumt, aber diesmal keinen Schimmer wie oder was. Dafür war das Oberteil meines Schlafanzuges feucht vor Schweiß.

Ich zog ein T-Shirt an und breitete das Oberteil

über einen Stuhl aus, damit es trocknen konnte. Im Badezimmer wusch ich mir anschließend das Gesicht mit kaltem Wasser.

Danach war ich so wach, dass ich befürchtete, bis zum Aufstehen am Morgen nicht mehr einschlafen zu können. Die beste Medizin ist dann für mich, lesen.

Also holte ich mein Buch aus dem Rucksack, richtete den Schein der Lampe darauf und las den nächsten Abschnitt.

10. Jerusalem

Es war 17.00 Uhr und ich war total geschafft.

Jerusalem hatte sich mir als beängstigend und faszinierend zugleich dargestellt, wobei ich ehrlicherweise sagen muss, die Faszination überwog.

Ein anstrengender Tag lag hinter uns, obwohl genau genommen bisher alle Tage dieser Reise auf die eine oder andere Weise anstrengend gewesen waren.

Von den Resten meiner Träume aus der vergangenen Nacht war nichts außer einer blassen Erinnerung übrig geblieben. Nach dem Duschen heute Morgen war ich trotz Schlafmangels gerüstet, Jerusalem heute neu zu erobern.

Selbst mein Fußgelenk verhielt sich erstaunlich friedlich, als ich die Stufen zum Frühstücksaal im Erdgeschoss hinunterging.

Das Frühstücksbüffet war ernüchternd.

Naja, eine Steigerung nach dem Pilgerhaus in Tabgha war auch schlechterdings fast nicht möglich. Und wie schnell gewöhnt man sich an so etwas wie Luxus?

Ich war mit Frühstück dann auch schnell fertig und eilte hinaus, um draußen eine Zigarette in

Ruhe genießen zu können, während viele der anderen Reiseteilnehmer noch mit dem Frühstück beschäftigt waren.

Nach und nach trafen wir uns alle vor dem Eingang, wo bald darauf Selina Yousuf zu uns stieß, die uns am Haus abholen wollte.

Sie lotste uns zu einem Busbahnhof keine zwei Minuten vom Paulushaus entfernt. Mit einem der öffentlichen Busse fuhren wir hinauf auf den Ölberg.

Unsere erste Station war hier die Kirche der Nationen auch Pater-Noster-Kirche genannt.

Das Wetter war traumhaft. Laut Wetter-App sollte es heute so um die 22 Grad und sonnig werden. Und man brauchte nur einen Blick nach oben zu werfen und sah überall strahlte ein blauer Himmel weit und breit. Kein Wölkchen ließ sich blicken.

Und das Wetter jetzt, wo ich doch einen Schirm hatte. Aber nicht nur mir war es lieber so.

In der Pater-Noster-Kirche hingen Vaterunser in allen möglichen und unmöglichen Sprachen.

Ich ging los, nach einleitenden Erklärungen von Selina Yousuf, um das Vaterunser in Hebräischer Sprache zu suchen. Als ich es gefunden hatte, machte ich ein paar Fotos davon.

Katharina hatte mir einmal erklärt, dass in einem bestimmten Teil von Syrien - wo genau hatte ich vergessen - noch West-Aramäisch gesprochen wurde. Das war die Umgangssprache zur Zeit Jesu. Touristen konnten dort in einer Klosterkirche sich das Vaterunser in der Originalsprache Jesu anhören.

Allerdings war Katharina der Meinung gewesen, dass Jesus das Vaterunser wohl in Hebräisch gebetet hätte; denn zu seiner Zeit war - wie noch heute - die jüdische Gebetssprache Hebräisch.

Also das Vaterunser in Aramäisch war wohl nichts anderes als eine beliebte Touristenattraktion und deshalb hatte ich gehofft hier eins in Hebräisch zu finden, um es als Foto zu verewigen.

Bei dieser Suche fand ich nicht nur ein Vaterunser in Deutsch, sondern auch eins in Platt-Deutsch und sogar eins in Helgoländer-Platt. Ich muss sagen, das verblüffte mich dann doch einigermaßen.

Vielleicht hängt hier demnächst sogar ein Vaterunser in Kölsch und an Stelle von „Amen" würde das schließen mit „Alaaf"

Haha!

Sobald wir die Kirche wieder verließen, fotografierte natürlich jeder erst einmal das Panorama der Altstadt von Jerusalem von dieser höher gelegenen Stelle aus.

Und es war tatsächlich ein außergewöhnlicher Anblick.

Ich stand an ein Mäuerchen gelehnt und blickte ins Tal hinunter.

Grabplatten so weit das Auge reichte. Der jüdische Friedhof zog sich die gesamte Breite des Ölbergs hinunter. Jenseits des Tales, nur durch eine vielbefahrene Straße getrennt, schloss sich der muslimische Friedhof an, der bis an die Mauern der Altstadt reichte.

Natürlich war die goldene Kuppel des Felsendoms das Magnet, das alle Kamera- und Smartphonelinsen magisch anzog. Wie ein geheimes Versprechen ragte er über die Mauer in den Himmel hinein.

Mir genau gegenüber befand sich in der Altstadtmauer das zugemauerte goldene Tor.

Der Legende nach sollte es sich erst wieder öffnen, wenn Jesus oder der jüdische Messias oder Muhammad zum „Jüngsten Gericht" erschienen. Wie überall gingen hier die Ansichten je nach religiöser Zugehörigkeit über den, der da kommen sollte, auseinander.

Aber selbst so zugemauert, hinterließ es schon einen beachtlichen Eindruck.

Rechter Hand im Tal hinter einer Umfassungsmauer und über die Spitzen der Bäume hinweg, erstrahlten ebenfalls goldene Kuppeln. Es waren die typischen Zwiebeltürme einer griechisch-orthodoxen Kirche.

Die vielen Gräber vor mir ließen meine Gedanken wieder aus der Gegenwart abschweifen.

Ich sah das kleine dunkle Rechteck vor mir, in das die Urne mit der Asche meiner Frau hinabgelassen wurde. Und später war da die Grabplatte darüber, die so klein war, dass ein normaler Mensch garantiert Schwierigkeiten bekommen hätte, um darauf zu stehen.

Die Blumen, die ich dort vor etlichen Wochen hingelegt hatte, waren bestimmt längst verwelkt.

Hier auf den Gräbern zu meinen Füßen standen nirgends Blumen. Aber auf fast allen Grabplatten lagen Steine, die meisten nicht größer wie eine kleine Kinderfaust.

Ich fragte in die Runde, ob jemand wüsste, was diese Steine bedeuteten.

Na klar, fast alle wussten es, nur ich nicht.

In einem heillosen Durcheinander von Stimmen

bekam ich erklärt, diese Steine würden von Angehörigen oder Besuchern auf die Gräber gelegt zum Zeichen, dass man an die Toten gedacht und sie besucht hatte.

Da nahm ich mir fest vor auch zuhause regelmäßig zum Grab Katharinas zu gehen und einen Stein mitzunehmen, um ihn auf ihrem Grab zu legen.

Dabei wollte ich aber nicht an die Katharina in Urne und aus Asche denken, sondern an die, die auf einem Felsbrocken im See Genesareth mir begegnet war und an die kleine Faust unseres Babys, das meinen Finger so fest umklammert hatte.

Den ersten Stein nahm ich von dort mit, wo ich gerade stand.

Die noch schräg stehende Vormittagssonne tauchte die weißen Grabsteine in ein gleißendes Licht, so das ich für einen Moment meine Augen schließen musste. Das grelle Licht blieb, aber es war jetzt wieder das Morgenlicht, das auf dem See Genesareth gelegen hatte. Und als der Felsen langsam wie eine Erscheinung vor meinem geistigen Auge auftauchte und ich im Gegenlicht der Sonne Katharina darauf zu erkennen glaubte, berührte mich jemand an der Schulter.

„Wir müssen weiter.", holte mich die Stimme einer Mitreisenden aus meinen Tagträumen.

Ich öffnete die Augen und sah mich um. Die meisten meiner Reisegruppe waren schon auf einer schmalen abschüssigen Straße zwischen zwei Mauern den Ölberg hinab verschwunden.

Natürlich, weitere Besichtigungen standen auf dem Programm, man war schließlich nicht zum Vergnügen hier.

Dieser abschüssige Abstieg vom Ölberg hinunter ins Tal war überhaupt nichts für mein lädiertes Fußgelenk. Als wir an einem offenen Gittertor zur Linken in den Garten Getsemani einbogen, pochte es gewaltig in meinem Fuß.

Ich musste mich, um den Anschluss an meine Gruppe nicht zu verlieren, durch das Tor zwängen. Eine Menge Touristen kamen mir entgegen, die die Besichtigung des Gartens und der Kirche schon hinter sich hatten.

Dann fielen mir drei junge Männer auf.

Dunkelhäutig, kohlschwarzes Haar, dunkle Augen und ein gepflegtes Äußere, verkaufte der eine von ihnen Rosenkränze. Er hatte Massen davon über dem linken Arm hängen. Alle Perlen seien aus Olivenkerne geschnitzt, pries er sie in Deutsch und Englisch den herausdrängenden Besuchern an.

Ein zweiter junger Mann verkaufte Zweige, eher Zweiglein, von den Ölbäumen des Gartens für einen Schekel das Stück, also umgerechnet 70 Cent.

Was der Dritte an den Mann beziehungsweise an die Frau bringen wollte, checkte ich erst nicht. Er war der Aufdringlichste von den Dreien und versuchte mir etwas zu verkaufen, was sich bei näherer Betrachtung als SD-Chipkarte für Fotoapparate oder Handys herausstellte. Angeblich zu einem spektakulären Sonderpreis.

Da ich so etwas nicht brauchte, war ich nicht über die Preise informiert. Trotzdem war es schwierig ihn los zu werden.

Im Garten selbst standen sehr alte knorrige Olivenbäume.

Ich schloss zu meiner Reisegruppe auf, die sich am Eingang der Kirche um Selina Yousuf gesammelt hatte.

In unmittelbarer Nähe sammelte sich ebenfalls eine andere Gruppe von Touristen aus Österreich. Ihr israelischer Reiseleiter schwenkte immerfort eine österreichisches Papierfähnchen und erklärte in dem Moment, als wir in Hörweite kamen, dass die Olivenbäume sehr, sehr alt seien, fast alle noch aus der Zeit Jesu.

Ich sah Selina Yousuf lächeln.

Die österreichische Gruppe zog weiter und waren kaum außer Hörweite, da wurde Selina Yousuf auch schon aus unserer Reisegruppe gefragt, ob das auch stimmen würde mit dem Alter der Olivenbäume.

Selina Yousuf lächelte jetzt noch mehr und schüttelte den Kopf. Olivenbäume werden alt, sehr alt, sagte sie, sie können mehrere hundert Jahre alt werden. Allerdings die Olivenbäume in diesem Garten seien längst nicht so alt, geschweige denn aus der Zeit Jesu.

Viele in meiner Gruppen nahmen diese Auskunft jetzt ebenfalls lächelnd zur Kenntnis. Nur die eine Mitreisende, die mich in Nazareth schon genervt hatte, entrüstete sich heftig:

„Wie kann der Mann nur so etwas Falsches den Leuten erzählen?"

Selina Yousuf antwortete ihr mit einer fast salomonischen Antwort, wobei sie dabei in einen leichten österreichischen Singsang fiel:

„Er weiß es halt nicht anders!"

Nach dem Besuch der Kirche und des Gartens Getsemani stiegen wir weiter bergab bis hinunter zur Talsohle. Viele Stufen führten uns dann noch tiefer in eine unterirdische Kirche, dem Grab Mariens.

Diese Kirche unter der Erde war griechisch-orthodox und sie war absolut nicht nach meinem Geschmack. So viel Prunk und Kitsch, dazu das Halbdunkel und der süßlich abgestandene Geruch nach Weihrauch waren mir einfach zu viel.

Ich kam gar nicht erst bis ganz nach unten, um den leeren Schrein Mariens zu umrunden, sondern hatte nach der Hälfte der Treppe schon genug, drehte mich auf den Absatz um und eilte zurück an das Tageslicht, in die Wärme dieses herrlichen Frühlingsmorgens.

Vom Mariengrab stiegen wir anschließend ständig bergauf hinauf zum Löwentor, das restauriert wurde und komplett eingerüstet war. Von hier führte der Weg direkt in die Altstadt.

Hinter dem Tor tauchten wir ein in die Basare - auch Suks genannt - Jerusalems ein.

Die Kunst in diesen Basaren war es, den Anschluss an die Reisegruppe nicht zu verlieren. Im Halbdunkel dieser überdachten Geschäftsstraßen wimmelte es nur so von Menschen. Da waren Araber in langen Kaftanen, Juden in schwarzen Jacken mit pelzbesetzten Hüten, Touristen in allen möglichen Outfits. Dazu dudelte aus fast allen dieser kleinen und kleinsten Läden arabische Musik, verstärkt durch das Stimmengewirr in allen möglichen Sprachen.

Die Nase bekam man voller exotischer und fremder Gerüche. Ständig musste man irgendwem ausweichen.

Außerdem waren die Gassen gepflastert, die Steine uneben und hier und da gab es vereinzelte Stufen hinauf oder hinab. Man brauchte schon alle Sinne, um sich hier zurechtzufinden.

Als wir schließlich auf der Via Dolorosa vor dem österreichischen Hospiz ankamen, hätte ich den Weg zurück allein wohl niemals gefunden.

Selina Yousuf betätigte an dem schweren Holztor des Hospizes eine verborgene Klingel und sprach ein paar Worte in eine Sprechanlage.

Die Tür ging für uns auf und als sie sich wieder hinter uns schloss, war es urplötzlich still. Die hohen Mauern und das schwere hölzerne Tor schlossen alle Geräusche der Straße, das Lärmen aus den arabischen Cafés und die vielen lauten Stimmen der Menschen auf der Gasse hermetisch ab.

Ich folgte den anderen die Treppen hoch in das Restaurant des Hospizes und saß kurze Zeit später im Schatten hoher Bäume und Palmen draußen im Innenhof und aß österreichische „Kaasnockerln".

Danach hatte ich noch Zeit ohne Ende und so verzog ich mich mit einer Tasse Cappuccino auf die frei zugängliche Dachterrasse, von der ich minutenlang den Rundblick auf die Altstadt von Jerusalem genoss, bevor ich mich dann dem nächsten Kapitel meines Buches widmete.

Um 13.30 Uhr war es dann mit Ruhe und Beschaulichkeit vorbei.

Wieder durchquerten wir die Basare der Altstadt bis wir auf einen großen freien Platz gelangten, der von einem festungsartigen Gebäude dominiert wurde, der Zitadelle.

Wie viele andere aus der Gruppe nutzte ich die Gelegenheit hier in den zahlreichen Wechselstuben, meinen reichlich geschwundenen Bargeldvorrat an Schekel wieder aufzufrischen.

Selina Yousuf führte uns dann auf den höchsten Punkt der Zitadelle und zeigte uns von dort oben zahlreiche Gebäude in der Jerusalemer Altstadt, ob sie nun im christlichen, armenischen, jüdischen oder arabischen Viertel lagen.

Anschließend besuchten wir in der Zitadelle die Ausstellungsräume.

Wie schritten von Raum zu Raum und lauschten den Erzählungen zur Geschichte der Stadt Jerusalem. Neben vielen Karten und Modellen gab Selina Yousuf uns Ergänzungen zu den vorhandenen Erklärungstafeln, die in hebräischer, arabischer und englischer Sprache verfasst waren. So erfuhren wir zusätzliche Fakten und Zahlen.

Das aller erzählte sie frei aus dem Gedächtnis und allein das war schon höchst bemerkenswert. Neben biblischen Bezügen lockerte sie außerdem ihren Vortrag mit Anekdoten auf. Das war auch notwendig, denn all die Zahlen und Jahresangaben konnte sich kein Mensch merken, es sei denn man hieß Selina Yousuf.

Trotz allem war irgendwann meine ganze Konzentration und Energie verbraucht. Nicht dass es mir langweilig wurde, aber ich merkte, wie von den Beinen an sich eine gewisse Müdigkeit in mir bemerkbar machte.

Wie mir ging es den anderen wohl ähnlich.

Und feinfühlig, wie sie nun einmal war, bekam Selina Yousuf mit, wie es um die Reisegruppe stand. So entließ sie uns kurz darauf in einen restlichen freien Nachmittag. So bekamen wir am Ausgang der Zitadelle die Möglichkeit, je nach Lust und Laune den sonnigen Nachmittag jeder für sich zu gestalten.

Ich beschloss, auf direktem Weg in das Paulushaus zurückzukehren, denn ich war ganz schön groggy. Doch ich hatte ein Problem. Wie kam ich dahin zurück? Ich hatte keine Ahnung.

Einige aus der Gruppe hatten sich heute Morgen im Paulushaus an der Rezeption vernünfti-gerweise mit einem Stadtplan der Altstadt aus-gerüstet. Ich leider nicht!

Zum Glück bekam ich mit, wie zwei Ehepaare darüber sprachen, ebenfalls auf direktem Weg ins Paulushaus zurückzukehren.

Dankbar schloss ich mich ihnen an.

Ich fand es erstaunlich, dass einer der Männer ohne auf seinen Plan zu schauen, uns in die Basare der Altstadt hinein lotste und nach einer knappen halben Stunde durch das Damaskus-Tor wieder hinausführte. So viel Orientierung hätte ich selbst mit Plan wohl eher nicht ge-habt.

In meinem Zimmer angekommen, entledigte ich mich sofort meiner Schuhe und Stümpfe und warf mich in einen Sessel. Als ich dann auch noch meine Füße hochlegte, merkte ich erst, wie müde ich doch war und was dieses re-laxte Sitzen doch für eine Wohltat bedeutete.

Also stand mein Plan fest, bis zum Abendessen in eineinhalb Stunden mich nicht mehr von der Stelle zu rühren.

Natürlich bin ich solange nicht sitzen geblieben.

Zum einen förderte das dunkle und kühle Zim-mer meine Schläfrigkeit, zum anderen wollte ich nach einer ausgiebigen Dusche unbedingt gegen 17.00 Uhr auf der Dachterrasse sein, um von dort das Konzert der Muezzin mir nicht entgehen zu lassen.

Frisch geduscht und wesentlich fitter als noch vor Stunden, rauchte ich auf der Dachterrasse meine Zigarette und genoss zudem den Blick auf die Altstadt mir ihrem grauen Häusermeer aus dem die goldene Kuppel des Felsendoms wie eine helle Lampe im Licht der Sonne leuchtete.

Und dann ging es los.

In unterschiedlichen Abständen begannen von den zahlreichen Minaretts die Muezzins zum Gebet zu rufen. Es war nicht so sehr das orientalische Ambiente, was mich so daran faszinierte, sondern diese melodische Dissonanz brachte in mir etwas zum Schwingen und hatte eine beruhigende Wirkung.

Mein Blick hinunter zum Damaskus-Tor zeigte mir, dass dor die Geschäftigkeit der Verkäufer von Essbarem, Getränken und Souvenirs unverändert weiterging.

Dass die Menschen auf der Straße weitergingen und sich unterhielten.

Dass die Autos weiter hupten.

Dass trotz dieser Stimmen, die über der Stadt schwebten das Leben ohne Pause, ohne Innehalten pulsierte.

Vielleicht war es ja das, was mich in den Bann dieser Muezzin-Rufe brachte, das Außergewöhnliche neben dem ganz Banalen.

Und dann war es auch schon vorbei.

Zum Abendessen gönnte ich mir zwei Gläser Rotwein und fühlte mich danach recht beschwingt und gar nicht mehr müde.

Nach dem Abendessen fand sich die ganze Reisegruppe in einem gemütlichen Raum im Erdgeschoss zusammen. Diesmal ging es jedoch nicht wie bei den bisherigen abendlichen Treffen um eine Tagesreflexion und anschließendem Ausblick auf den nächsten Tag.

Diesmal ging es um Selina Yousuf.

Sie nahm an diesem Treffen dann auch teil, zum ersten Mal.

Im Laufe unserer bisherigen Reise war in der Reisegruppe bekannt geworden, dass Selina Yousuf als christliche Araberin geboren worden war. Nach ihrem Schulabschluss hatte sie in Deutschland Theologie studiert. Später dann aber hatte sie in das Fach Judaismus gewechselt.

Nebenher hatte sie einen Masterabschluss in Tourismusmanagement.

Obwohl sie in Deutschland auch ihren Abschluss als katholische Theologin gemacht hatte, konvertierte sie nach ihrer Rückkehr in Israel zum Judentum.

Unsere deutsche Reiseleitung brachte es auf den Punkt als sie davon sprach, dass Selina Yousuf ein seltenes Exemplar einer christlichen Israelin arabischer Abstammung, konvertiert zum Judentum, war.

Eine Frau aus der Reisegruppe hatte die deutsche Reiseleitung immer wieder Fragen dazu gestellt, die diese aber nicht beantworten konnte.

Nach und nach waren auch andere aus der Reisgruppe mit Fragen an die Reiseleitung herangetreten.

Heute Abend gab es nun die Gelegenheit, Selina Yousuf selbst zu befragen, die sich dazu bereit erklärt hatte, so gut es ging, Rede und Antwort zu stehen.

Es war höchst interessant zu hören, welche Gründe sie bewogen hatte, zu konvertieren und mit wie vielen Schwierigkeiten dies verbunden gewesen war.

Sie erzählte ganz ruhig und ich war tief beeindruckt.

Sie erinnerte mich an jemand, doch ich konnte nicht sagen an wen und wo ich sie schon einmal glaubte gesehen zu haben.

„Jeder Mensch", sagte sie, „ist geprägt von seiner Kindheit und seiner Umwelt, in der er hinein geboren wurde. Und bei den meisten kommt nie eine Zweifel auf, ob das, was sie von Kindheit an glauben, auch das ist, was sie als Erwachsene für wahr halten.

Sie wurde von zwei Reiseteilnehmerinnen unterbrochen und gebeten, lauter zu sprechen.

Sie stand auf und stellte sich vor ihren Sessel. Eine Zeitlang schwieg sie und starrte vor sich hinauf den Boden.

Bevor die Stille peinlich werden konnte, fuhr sie fort:

„Da war zunächst einmal meine größere Beheimatung in der Hebräischen Bibel, mehr als im Neuen Testament."

Diesen Umstand hatte sie während ihres Theologiestudiums schnell herausgefunden.

„Hinzu kam, dass ich in der Person Jesu zwar den jüdischen Rabbi sehen konnte, nicht aber das, was ein gläubiger Christ in Jesus sieht, den Gottessohn.“

Ein dritter Punkt für sie war das fest gefügte Zusammenleben im Judentum mit Ausrichtung auf die Vorschriften der Tora.

Und sie führte noch weitere Gründe an.

Dann begann eine rege Diskussion mit ihr. Doch ich hörte nicht mehr richtig zu. Plötzlich war ich über meine eigenen Gedanken so richtig erschrocken, weil ich ihre Gründe total nachvollziehen könnte. Und ich dachte im Stillen, sorry, bist du vielleicht gar kein richtiger Christ mehr?

Nach den ersten Schrecksekunden über diesen Gedanken, beruhigte ich mich selbst mit der Überlegung, darüber in Ruhe erst einmal intensiv nachdenken zu müssen und nicht während dieser allgemeinen Diskussion hier.

Gewiss vieles, was Selina Yousuf aussprach und den anderen wiederholt präzisieren musste, war für mich im Moment absolut nachvollziehbar.

Und ich merkte an Selina Yousuf auch eine Veränderung. Hatte sie zu Beginn noch mehr verlegen oder gar schüchtern und unsicher gewirkt, wurde sie in dem folgenden Frage- und Antwort-Tohuwabo zusehends souveräner und selbstsicherer.

Und während ich sie so betrachtete in ihrer beigefarbenen Leinenhose, der passenden Bluse und dem farblich passenden Umschlagtuch, das lose um ihre Schultern lag, dachte ich an den kurzen Moment, als sie mich auf die Wange geküsst hatte.

Ihr fast schwarzen Haare waren zu einem Zopf gebändigt, der in einem wohlgefälligen Kontrast zu ihrer Kleidung stand.

Während ich mich längst aus dem allgemeinen Gespräch ausgeklinkt hatte und nur noch hier und da ein paar Wortfetzen mitbekam, stellte sich ganz von selbst die Erinnerung ein, wem Selina Yousuf so ähnlich sah.

Vor einiger Zeit hatte ich mir drei Folgen einer schwedischen Krimiserie angesehen. Diese Krimireihe war an für sich nichts besonderes und nur die weibliche Hauptdarstellerin war mir im Gedächtnis geblieben, weil sie einen besonderen Eindruck auf mich gemacht hatte.

Mit anderen Worten, ich fand sie ausnehmend gut aussehend.

Und sie sah Selina Yousuf ähnlich.

Nein, umgekehrt, Selina Yousuf hätte eine Zwillingsschwester von ihr sein können.

An dem Punkt kam mir der Gedanke, dass es

bestimmt mit zur Trauerbewältigung gehören konnte, wieder anderes und andere wahrzunehmen.

Ich begann den Duft des Lebens neu zu riechen.

Jedenfalls schwirrten mir diese und jene Gedanken im Kopf herum, gepaart mit gemischten Gefühlen, abstrusen Vorstellungen und seltsamen Wünschen.

Ich hatte wohl doch etwas zu viel Wein beim Abendessen zu mir genommen und sollte besser schnell zu Bett gehen. Wer weiß, was von all dem am Morgen noch übrig war, wenn ich das Ganze einmal „nüchtern" betrachtete und darüber geschlafen hatte? Obwohl ich fühlte mich in keiner Weise betrunken.

Kaum, dass sich die Möglichkeit bot, sagte ich deshalb allen „Gute Nacht" und verließ die sich auflösende Versammlung.

Doch anstatt auf mein Zimmer und ins Bett zu gehen, wurde ich ganz übermütig, verließ das Paulushaus und -gelände und ehe ich mich versah, befand ich mich durch das Damaskus-Tor hindurch mitten im arabischen Viertel der Altstadt.

Hier war echt noch etwas los.

Naja, es war ja auch noch nicht so spät.

Geräusche, Gerüche und Gedränge umgaben mich und ich ließ mich treiben in diesem Fluss pulsierenden Lebens.

Längst war es dunkel über der Stadt, aber hier in den Geschäften dachte offensichtlich noch niemand daran, zu Bett zu gehen und zu schlafen.

Ohne mein Zutun wurde ich von der Menge an Menschen in ein sehr schmales Geschäft gedrängt und fand mich wieder zwischen unzähligen Säckchen mit Pulvern in allen möglichen Farben.

Gewürze aller Art waren hier versammelt und die Gerüche so verlockend, dass ich nicht umhinkam, meine Nase über das ein oder andere Säckchen zu positionieren, um diesen intensiven Geruch nach Pfeffer, Muskat, Kardamom, Safran oder Zitrone zu schnuppern.

Am hinteren Ende des schmalen Lädchens saß auf einem Plastikhocker ein alter Mann mit grauem Bart und lächelte mir freundlich zu. Dabei ließ er die Perlen seiner Gebetsschnur mit rasanter Geschwindigkeit durch seine Finger gleiten.

Ich lächelte zurück.

Als ich auf die Gasse wieder hinausgehen wollte, bemerkte ich auf der linken Seite an der Wand eine Reihe schwarzer vertrockneter Früchte auf einer Kordel aufgereiht. Ich hob schon die Hand, um zu untersuchen, was das für eine exotische Frucht sein könnte, da hörte ich hinter mir eine Stimme und meine Hand stoppte in der Luft.

„Vorsicht, die zerfallen bei der leisesten Berührung zu Staub!"

Hinter mir stand Selina Yousuf und lächelte mich an.

Sie hatte ihr Schultertuch jetzt über Haar und Schultern liegen, was ihr etwas madonnenhaftes verlieh.

„Was ist das?, fragte ich sie.

Sie rief etwas in Arabisch in den hinteren Teil des Ladens hinein, woraufhin der alte Mann die Hand hob und etwas Unverständliches erwiderte.

„Ok!", sagte sie, nahm eine kleine Plastiktüte von einem Stapel und hielt die Öffnung unter eines dieser schwarzen Etwas. Sie pflückte es so von der Kordel ab. Es zerbrach, als sie es berührte und die bröckeligen Teile fielen in die aufgehaltene Plastiktüte.

Dann angelte sie in der Tüte nach einem etwas größeren Teil und bat mich, während sie es mit Daumen, Zeige- und Mittelfinger zu Staub zerrieb, daran zu riechen.

Ein unheimlicher intensiver Geruch nach Zitrone dran mit in die Nase, mehr als ich je von Zitronen gerochen hatte.

Sie lachte, als sie mein Gesicht sah.

Dem alten Mann brachte sie eine Münze und kam dann zu mir zurück und reichte mir die Tüte.

„Unglaublich, dieser Zitronenduft!", entfuhr es mir , während ich ein zweites Mal das schwarze Etwas in der Tüte beschnupperte.

Mein Gesichtsausdruck brachte sie zum Lachen.

„Die Zitronen werden getrocknet bis sie im wahrsten Sinn des Wortes schwarz werden. Und dann haben sie diesen sehr intensiven Geruch, wenn man sie zerbröselt."

Mittlerweile standen wir draußen auf der Gasse.

Etwas verlegen sahen wir uns an und ich fragte sie spontan, ob ich sie nach Hause begleiten dürfte. Dabei fühlte ich plötzlich die lange nicht mehr gekannte Sehnsucht, mich in die Arme einer Frau zu begeben.

Sie nahm meine Hand und mit einem knappen

„Komm!" zog sie mich in den Strom der abendlichen Basarbesucher.

Was eben noch so überwältigend da gewesen war, an Geräuschen, Gerüchen und Gedränge spielte im Augenblick überhaupt keinen Einfluss mehr auf mein Wohlbefinden.

Wir gingen nur wenige Meter bis zur nächsten Ecke und bogen in eine noch engere, spärlich beleuchtete, dafür aber unheimlich stille Gasse ein.

Auch waren es gefühlt nur wenige Schritte, bis der Lärm des Basars abrupt hinter uns zurückblieb, und sie öffnete eine kleine Tür in einem großen eisernen Tor.

Wir gelangten in einen noch stilleren und absolut dunklen Innenhof. Im matten Schein einer altersschwachen Lampenbirne voller Spinnweben, konnte ich nur den Schatten eines großen Baumes erkennen. Ein Brunnen plätscherte hier irgendwo leise und übertönte damit aber die letzten Geräusche aus dem nächtlichen Basar.

Noch immer hielten wir uns an der Hand und Selina Yousuf ging auf eine steinerne Treppe zu, die an der rechten Mauerseite nach oben führte.

Sie blieb auf der ersten Stufe stehen und drehte sich zu mir um:

„Willst du das?"

Ihre Frage war ein Flüstern.

Ich nickte nur.

Sie streifte das Tuch von ihren Haaren, nahm mein Gesicht in ihre Hände und küsste mich.

Und ich spürte ein pulsierendes lebendigsein.

Und vor meinem inneren Auge sah ich Katharina nicken und lächeln.

Und ich wusste spontan, meine Trauer war gestern. Und in meinem Kopf explodierte das schwarze Loch in tausend Farben. Mit mir geschah etwas, dass ich nicht beschreiben konnte und auch nicht beschreiben wollte.

Es war noch dunkel, als ich durch die jetzt stillen Gassen der Altstadt zurück zum Damaskus-Tor ging.

Selina und ich hatten uns ohne Liebesschwüre, ohne Versprechen für Zukünftiges, ja fast wortlos voneinander verabschiedet.

Wir hatten uns wie Ertrinkende aneinander geklammert und waren nach etwas Wunderbarem zusammen wieder aufgetaucht.

Auf meinem Weg zurück in das Paulushaus, den meine Füße von ganz allein fanden, erinnerte ich mich an eine Stelle in meinem Buch, die ich gelesen hatte:

„Jeder Mensch kann für einen anderen Menschen Engel sein!"

War Selina mein Engel gewesen?

Ohne einer Menschenseele zu begegnen, erreichte ich mein Zimmer und legte mich vollkommen angezogen so wie ich war auf das Bett.

Die Berührungen, Küsse und der Rhythmus unserer Atemzüge klangen in mir nach und begleiteten mich in einen kurzen, tiefen Schlaf.

11. Stadt Davids und Yad Vaschem

Ich erwachte beim Klang von Glocken ungefähr zehn Minuten, bevor mein Wecker mich hoch gescheucht hätte.

Langsam drang mein nächtliches Erlebnis wieder in mein Bewusstsein und ich spürte erneut ein unheimliches Kribbeln. Die Nacht hatte ein neues Leben in mir geboren.

Und das dies alles kein Traum gewesen war, erkannt ich daran, dass ich vollständig angezogen in meinem Bett lag.

Eine ausgiebige Dusche und eine sorgfältige Rasur machten mich bereit für einen neuen Tag. Und ich konnte schon jetzt sagen, obwohl es sehr pathetisch klang, es war der erste Tag eines neuen, nein, eines erneuerten Lebens.

Nach dem Frühstück trafen sich alle Reisemitglieder um 8.15 Uhr in der Lobby.

Selina holte uns hier ab und sie war wie immer.

Im Eiltempo erreichten wir das Damaskus-Tor und strömten hinein in die zumeist noch geschlossenen Basare.

Zunächst ging es immer gerade aus.

Trotz dieser recht frühen Stunde waren schon

ein Menge Menschen unterwegs, denen galt immer wieder in den engen Gassen auszuweichen oder die man schleunigst überholen musste, um den Anschluss an die Gruppe nicht zu verlieren.

Und wieder überraschte mich die Vielzahl von unterschiedlichen Typen. Neben einer Menge normal gekleideter Passanten gab es da den Araber in einem langen, weißen Gewand, den orthodoxen Juden mit seinem pelzbesetzten Hut und den Schläfenlocken, den Palästinenser in einem grauen Kaftan und dem obligatorischem schwarz-weiß gemusterten Tuch, der jungen Israelin mit offenem Haar. Dazwischen hier und da Gruppen von israelischen Polizisten oder Militärs in schusssicheren Westen, schwer bewaffnet mit Maschinenpistolen im Anschlag.

Wir erreichten schließlich einen Kontrollpunkt an dem recht oberflächlich unsere Rucksäcke und Handtaschen durchleuchtet wurden. Weiter ging es vorbei an dem Platz vor der Klagemauer und an einer Riesenschlange von Touristen, die am Aufgang zum Tempelberg anstanden.

Nachdem wir so die komplette Altstadt Jerusalems auf dem kürzesten Weg durchquert hatten, verließen wir diese nun durch das Dung-Tor wieder und traten durch einen neuen Mauerdurchgang hinein in die „Stadt Davids".

Selina hatte uns zielstrebig und schnellen Schrittes durch die verwinkelten Gassen der Altstadt geführt. Sie hatte uns alle am Paulushaus fröhlich und unbeschwert wie immer begrüßt und dafür sogar kurz ihre Sonnenbrille abgenommen. Sie wirkte auf mich wie immer während der letzten Tage. Auch als sich während der Begrüßung unsere Blicke streiften, war da kein heimliches Zwinkern, das hatte auf unser Geheimnis anspielen können.

Zum einen hatte ich nichts anderes erwartet, zum anderen fühlte ich doch eine leichte Enttäuschung, weil dadurch unser nächtliches Beisammensein etwas Irrationales anhaftete und mehr in Richtung eines schönen Traumes gedrängt wurde.

Immerhin eines wunderschönen Traumes.

Zudem eines Traumes, der keinerlei Bedauern in mir hervorrief.

Am Kontrollpunkt - kurz vor Verlassen der Altstadt - stand ich zufällig unmittelbar hinter ihr. Hier ging alles viel zu schnell, um über irgendwas nachzudenken.

Trotzdem nahm ich einen Hauch ihres Parfums wahr und der Versuchung, sie zu berühren, konnte ich so gerade noch widerstehen.

Mit dem Betreten der Davidstadt verflüchtigten

sich aber schlagartig alle Gedanken und Sinne, die sich um Selina bei mir drehten und ich glitt übergangslos wieder in die Gegenwart.

Kaum betraten wir das Ausgrabungsareal strömten die Eindrücke und Motive so vielfältig auf uns ein, dass man gar nicht wusste, wo man zuerst hinschauen sollte, und was davon zu fotografieren war.

An einer geeigneten Stelle sammelt Selina die ganze Reisegruppe um sich für eine längere Erläuterung zu dem, was wir gerade um uns herum sahen.

Auf einem Gebiet - größer als ein Fußballfeld -, das mit Planen fachgerecht überdacht war, führten eine Menge junger Leute Ausgrabungen durch. An allen Zugängen zu dieser Ausgrabungsstätte stand bewaffnetes Militär. Flankiert wurde das Areal von Hausruinen oder Gebäuden, die zumindest leer standen, mit Fenstern ohne Glas und gähnenden leeren Türöffnungen.

Hier konnten wir hautnah erleben, wie es zu den immerwährenden Differenzen bis hin zu blutigen Auseinandersetzungen zwischen Israels und Palästinensern kommen konnte.

Die gesamte archäologisch wichtige Davidstadt liegt zum größten Teil unter einem Dorf mit arabischer Bevölkerung. Diese Menschen werden vom Staat Israel ohne große Entschädigung enteignet und aus ihren Häusern, in denen sie zum Teil seit Generationen wohnen, vertrieben. Anschließend werden die Häuser abgerissen.

Schleichend aber unaufhörlich wird also dieser Teil von Jerusalem von Palästinensern entvölkert.

Und genauso spielt sich die Situation auf der gegenüberliegenden Seite des Kidrontals ab. Dort lieg noch das arabische Dorf Silwah.

Häuser, die dort frei werden, sei es durch Tod oder Wegzug der Bewohner oder warum auch immer, werden sofort von der israelischen Stadtverwaltung in Jerusalem durch das Militär übernommen und mit ultra-orthodoxen Siedlern besetzt. Natürlich müssen dann diese Siedler vor ihren aufgebrachten arabischen Nachbarn geschützt werden.

Man konnte selbst von dieser Talseite aus diese israelischen Enklaven in dem arabischen Dorf gegenüber erkennen. Nicht nur, dass auf diesen Häusern der Davidstern wehte, nein, sei waren auch durch Mauern und Stacheldraht und militärischen Wachposten gesichert.

Selina erzählte uns, dass die jüdischen Kinder aus diesen Häusern sogar mit gepanzerten Militärfahrzeugen zum Schulbesuch abgeholt und zurückgebracht werden.

Dass hier Konflikte vorprogrammiert waren und Gewalt immer wieder aufloderte, leuchtete selbst dem israelfreundlichsten in unserer Reisegruppe ein.

Die berechtigte Frage, warum so etwas nicht einmal zuhause im Fernsehen zur Sprache kommt, konnte keiner von uns plausibel beantworten. Nur Mutmaßungen darüber gab es viele.

Fast schweigend oder wenn, dann nur leise sprechend, tauchten wir hinter Selina anschließend in das Wassertunnelsystem des alten Jerusalems, der Davidstadt, ein.

Das erste Stück ging durch den „Warren-Tunnel". Benannt war dieser Tunnel nach einem englischen Offizier, der ihn wiederentdeckte.

Es war da drin furchtbar eng und an einer Stelle musste ich sogar meinen Rucksack abnehmen. Weder in der Breite noch quer mit dem Rucksack auf dem Rücken hätte ich sonst dadurch gepasst.

Weiter und weiter stiegen wir über schräg abfallende Böden oder ausgetretene Stufen in die Unterwelt.

Da im „Hiskia-Tunnel" das Wasser nach den Regenfällen der letzten Tage zu hoch stand, benutzten wir für den letzten Abschnitt hinunter zum Siloah-Teich einen noch älteren Tunnelabschnitt aus der kanaanäischen Zeit Jerusalems.

Vom Siloah-Teich selbst war wenig übrig und es roch hier auch ziemlich modrig. Deshalb gab Selina hier auch nur ein paar kurze Erläuterungen, bevor wir wieder über etliche Stufen und Treppen nach oben stiegen.

Auf dem letzten Abschnitt passierten wir viele leere Häuser und Ruinen bis wir letztendlich wieder am Dung-Tor vor der Altstadtmauer landeten.

Durch das Dung-Tor hindurch und im Schatten der Mauern lag ein kleiner freier Platz mit einer Toilettenanlage für Touristen. Nach einer kurzen Pause erwarteten uns weitere Treppen und Stufen bis zu einer Ausgrabungsstelle an der Südecke des ehemaligen Tempelbezirks, dem so genannten Ophal.

Wie an der Klagemauer - eigentlich Westmauer genannt - konnten wir auch hier an der Südmauer die riesigen Steinquader bewundern, die Herodes für den gesamten Tempelbezirk verbauen ließ. Steine, die teilweise sieben Meter lang - nach meinem Schrittmaß geschätzt - und sowohl einen Meter breit wie hoch waren.

Es nötigte einem schon Respekt ab, wenn man bedachte, diese Steine wurden ohne Bagger oder Kran oder Hublader bewegt und verbaut. Die ganzen heutigen Hilfsmittel gab es ja damals nicht.

Einige in der Reisegruppe unterhielten sich ausgiebig über diesen Aspekt und kamen zu dem Ergebnis, dass zur damaligen Zeit ein Menschenleben nicht gerade viel zählte. Denn wir alle waren uns sicher, diese Baustelle mit diesen Riesenquadern hatte bestimmt das eine oder andere Menschenleben gekostet.

Am Ende der ganzen Diskussion stellte jemand plötzlich die Frage, ob es trotz technischen Fortschritts denn heute anders wäre. Auch heute würden in manchen Gegenden - ja selbst hier im Heiligen Land - Menschenleben nicht übermäßig viel zählen.

Und so entbrannte auf den steinernen Stufen vor der Südmauer, die völlig sinnlos in der Mauer endeten, eine Diskussion darüber, wann und wieviel ein Menschenleben wohl wert war und wert ist.

Ich saß nur dabei, denn das Einzige, was mir brannte und zwar erbarmungslos, war die Sonne auf meinem unbedeckten Kopf.

Aus einem stahlblauen, wolkenlosen Himmel knallte sie auf uns herunter und mir lief selbst beim ruhigen Sitzen der Schweiß aus allen Poren.

Und natürlich brannte mein Fußgelenk. Es hatte die vielen Stufen und das Auf und Ab erstaunlich gut verkraftet. Jetzt in Ruhestellung meldete es sich aber heftig zu Wort.

Oberhalb dieser Treppe auf der wir saßen und die ehemals zum Tempelberg hinaufführte, aber jetzt im Nichts endete, sahen wir die Rückseite der Al-Aqsa-Moschee.

Es wurde uns jetzt allen hier zu heiß und deshalb brachen wir schnell auf, um aus der Sonne herauszukommen.

Beim Aufbruch stellte jemand fest, die Steine der Treppenstufen würden sich anfühlen, als hätte jemand eine Sitzheizung darin angezündet.

Ein guter Vergleich, fand ich.

Über weitere zig Stufen kletterten wir in das jüdische Altstadtviertel hinein. Dort wollten wir dann Mittagspause machen.

Zwei Ehepaare, mit denen ich schon in Nazareth einen Teil der Mittagspause verbracht hatte, fragten mich, ob ich mich ihnen anschließen wollte. Sie wüssten ein tolles israelisches Restaurant mit Dachterrasse und einem fantastischen Ausblick auf die Klagemauer und den Felsendom.

Der Ausdruck „Dachterrasse" hätte mich eigentlich abschrecken müssen. Schon wieder Treppen und Stufen und eventuell pralle Sonne. Aber die Aussicht auf ein warmes Mittagessen und vor allem eisgekühlte Getränke stimmten mich schnell um.

Wir erwischten dann auch noch einen Ecktisch auf dieser Dachterrasse, an dem alle Platz fanden. Da es sich um ein Selbstbedienungsrestaurant handelt, war ich gezwungen wieder nach unten zu steigen und mich in der Schlange vor den Essentheken einzureihen. Alles, was dort angeboten wurde, kannte ich nicht. Also wählte ich etwas aus, was einen leckeren Eindruck machte, lud es auf mein Tablett und stieg wieder hinauf. Reis, Linsen und ein nicht näher zu definierender kuchenartiger Teig waren dann doch nicht so ganz nach meinem Geschmack. Dafür tat die eisgekühlte Zitronenlimonade ausgesprochen gut. Ja, zum Schluss bereute ich es auch nicht, noch einmal nach unten in die Tiefen des Gebäudes abzutauchen und mir einen Cappuccino zu holen.

Der Cappuccino war fantastisch.

Und da wir hier im Freien unter einem Sonnensegel saßen, schmeckte mir die Zigarette danach hervorragend.

Die anderen am Tisch waren nach dem Essen sofort aufgebrochen und wollten noch unbedingt in den angrenzenden Gassen shoppen gehen. Ich weiß nicht, woher die die Kondition nahmen, ich war so ziemlich schachmatt.

Diesen Tag nahm ich mir vor, in meinem Reistagebuch als den Tag der tausend Stufen festzuhalten.

Bevor die anderen aufgebrochen waren, hatten sie mir auf Nachfrage noch kurz erklärt, wie man von hier aus zu dem großen Platz mit der weißen Synagoge gelangte. Dort war unser Treffpunkt nach der Mittagspause.

Und schon war ich allein.

Ich gönnte mir noch einen zweiten Cappuccino und genoss die Aussicht auf Klagemauer und Tempelberg.

Kurze Zeit später brach ich auf und erreichte natürlich den großen Platz vor der weißen Synagoge viel zu früh.

Auf einem Mäuerchen vor der Synagoge fand ich im Schatten einen Sitzplatz. Ich streckte wohlig meine Beine aus, holte mein Buch heraus und fand, dass das nicht die schlechteste Art war, mir die Wartezeit zu überbrücken.

So langsam fanden sich alle wieder ein.

Einige hatten erfolgreich eingekauft und trugen Einkaufstüten mit sich. Andere hatten sich noch dies und jenes angesehen. Aber die meisten sahen doch irgendwie geschafft aus. Na ja, da war bestimmt die ganze Kletterei am Vormittag daran Schuld. Wie auch immer, die halbe Stunde Busfahrt nach Yad-Vaschem schien allen nicht ungelegen zu kommen, um sich ein wenig auszuruhen und zu erholen.

Yad-Vaschem - die Holocaust-Gedenkstätte.

Mit einem Mal wurde mir schlagartig bewusst, wohin wir dahin unterwegs waren.

Während die Mitreisenden noch über ihre Einkäufe und Eindrücke redeten, tauchten in meinem Kopf plötzlich Bilder auf.

Yad-Vaschem!

Vor vierzehn Jahren war ich mit Katharina Hand in Hand durch diese Erinnerungsstätte gegangen. Wir waren beide erschüttert gewesen und im „Raum der Kinder" weinte Katharina und ich musste sie ganz fest in den Arm nehmen und trösten.

Wie ein unsichtbares Schreckgespenst baute sich die Erinnerung immer mächtiger in mir auf.

Nein, da wollte ich nicht mehr hin!

Nein, da konnte ich nicht mehr hin!

Jetzt, wo mich das Leben zurück hatte, war die Vorstellung abstrus. Mitten an einem sonnigen Frühlingstag lähmte mich hier vor der weißen Synagoge die Vorstellung noch einmal diese Stätte durchlaufen zu müssen und immer und immer wieder an damals zu denken.

Angst beschlich mich und ließ mich frösteln.

Nicht dahin ohne Katharina.

Gegenseitig hatten wir unsere Gefühle wahrgenommen und uns schweigend getröstet. Und es widerstrebte mir zutiefst, das alles ohne sie jetzt zu wiederholen.

Mein Entschluss stand fest, durch die Altstadt zurückzugehen zum Paulushaus und eine Auszeit zu nehmen.

Aber da gab es ein Problem. Wie sollte ich ohne Stadtplan von hier durch die Altstadt zurückfinden.

Zu der bleiernen Müdigkeit in meinen Beinen und dem doch wieder schmerzenden Fußgelenk aufgrund der morgendlichen Kletterei gesellte sich jetzt so etwas wie Lethargie und mangelnde Entscheidungsfreudigkeit. Was sollte ich tun?

Und dann brachen wir auf.

Vom Jaffa-Tor aus außen an der Altstadtmauer entlang wurde es ein langer Weg bis zu einem Busparkplatz in der Jerusalemer Neustadt. Und ich folgte dem Herdentrieb und ging mit.

Auch noch während der Busfahrt fiel es mir schwer, mich zu etwas durchzuringen und ich wusste nicht, was ich machen sollte.

Erst als wird durch die große Eingangshalle des Besucherzentrums in Yad-Vaschem hindurch waren, stand mein Entschluss fest.

Selina unterhielt sich mit ein paar Frauen aus der Reisegruppe und da wollte ich nicht stören. Deshalb wandte ich mich an die deutsche Reiseleitung, um mich abzumelden.

Kein Problem!

Links hinter dem Besucherzentrum standen Bänke unter Bäumen, die einigen Schatten spendeten und Kühle versprachen.

Ich erzählte der Reiseleitung, dass ich diesen Ort vor Jahren schon eingehend kennengelernt hatte. Ich brauchte eine Auszeit hier und jetzt. Die würde ich unter diesen Bäumen im Schatten verbringen und später vor der Abfahrt wieder zur Reisegruppe stoßen.

Wie gesagt, kein Problem, keine Einwände, keine Rückfragen.

Die Reisgruppe verschwand in den Tiefen des Geländes und ich setzte mich in den Schatten der Bäume auf eine Bank und war allein.

Tatsächlich war es hier im Schatten gut auszuhalten und angenehm, da außerdem ein leichter Wind aufgekommen war.

Ich legte meinen Rucksack ab und wollte jetzt die Ruhe und das Nichtstun genießen. Die Beine entspannen, die Stille auskosten. Nicht denken, nicht lesen. Nur Ruhe!

Leider hielt dieser Zustand gefühltermaßen nur ein paar Minuten an.

Das Gebäude in unmittelbarer Nähe vor mir spukte eine Gruppe israelischer Jugendlicher nebst Betreuer aus, die sich auf den Bänken und den Tischen um mich herum niederließen und ihr Picknick auspackten.

Es wurde sehr laut und hektisch.

Eine der Betreuerinnen hatte eine gewisse Ähnlichkeit mit Selina.

Selina!

Meine Gedanken wanderten zurück zu der vergangenen Nacht. Und wieder überkam mich dies prickelnde Gefühl, ein neues Leben begonnen zu haben.

Es war ganz anders gewesen, als ich es mit Katharina in Erinnerung hatte. Und ich hatte überhaupt kein schlechtes Gewissen. Nein, hier unter den Bäumen mit den lärmenden Jugendlichen um mich herum, genoss ich in Gedanken noch einmal die Intensität meiner Gefühle und Empfindungen aus der vergangenen Nacht.

Und Selina?

Heute war sie wieder ganz Reiseleiterin gewesen. Den ganzen Tag über erhielt ich kein heimliches Zeichen, kein Augenzwinkern, keine Berührung von ihr.

Aber war das nicht normal?

Spielte da etwa so etwas wie Eifersucht auf die Reisegruppe bei mir schon eine Rolle?

Du bist total bescheuert, dachte ich jetzt. Was hattest du anderes erwartet? Nein, es war schon perfekt so wie es war!

Obwohl?

Nein, kein After-Koitus-Trauma!

Du hast etwas Wundervolles genossen und geschenkt bekommen und damit Schluss!

Kein Bedauern!

Keine Ansprüche!

Keine Trauer!

Der Lärm um mich herum wurde mir einfach zu viel. Ich ging zurück ins Besucherzentrum, wo ich bei der Ankunft ein Hinweisschild auf ein Café gesehen hatte.

Aber auch hier überfiel mich Lärm und Hektik. Einige Familien mit relativ kleinen Kindern hatten mehrere Tische zusammengeschoben und hielten eine Feier ab. Auf den Tischen standen eine Menge Donuts mit Kerzen, teilweise sogar schon angebissen. Die Kinder zwischen zwei und vier Jahren tummelten sich lautstark auf dem Boden herum, während die Erwachsenen ihre Schwätzchen hielten. Bestimmt eine Geburtstagsfeier oder so.

Ich steuerte mit meiner Tasse Cappuccino die entgegengesetzte Ecke an. Der Cappuccino war ausgesprochen lecker und der Blick durch die großen Glasscheiben in ein grün bewaldetes Tal ansprechend.

Während ich den heißen Kaffee langsam schlürfte und ab und zu das Chaos zwischen Eltern und Kindern beobachtete, kam mir urplötzlich der Gedanke, dass ich zu diesem Zeitpunkt auch schon hätte Vater sein können.

Und schlagartig sah ich wieder Katharina mit

dem Baby auf dem Felsbrocken im See Genesareth vor mir.

Dass sich diese Erscheinungsgeschichte am See nicht real abgespielt hatte, war mir klar. Natürlich handelte es sich dabei um eine Projektion meiner innersten Träume und Wünsche.

Trotzdem war alles so realistisch gewesen.

Trotzdem hatte mir diese Begegnung so unendlich gut getan.

Moment mal!

Mein Arm hielt mitten in der Bewegung, die Tasse zum Mund zu führen, inne.

Auf einmal kam mir ein absonderlicher Gedanke. Erzählten die Evangelisten nicht auch von Erscheinungsgeschichten, die sich am See Genesareth abgespielt hatten?

War nicht dort am See der auferstandene Jesus den Jüngern erschienen?

War vielleicht dieses Land und speziell dieses Land am See, das man ja allgemein das „Heilige Land" nannte, prädestiniert für solche Phänomene?

Verrückt, auf welche Gedanken man kam, wenn man den ganzen Vormittag zu lange in der Sonne war.

Schnell trank ich den Rest Cappuccino aus, löffelte die aufgeschäumte Milch aus der Tasse leer und begab mich wieder nach draußen unter die Bäume.

Die Jugendlichen mit ihren Betreuern waren samt und sonders verschwunden.

Es war wieder still.

Ich machte es mir auf einer Bank bequem und holte mein Buch aus dem Rucksack.

Unbedingt musste ich auf andere Gedanken kommen.

16.30 Uhr war in der Eingangshalle des Besucherzentrums das Zusammentreffen ausgemacht.

Das Gelände wurde immer leerer. Gruppe für Gruppe tauchte auf und verschwand auf dem Parkplatz. Nur meine Mitreisenden nicht. Eine Viertelstunde verging und ich wartete und wurde immer nervöser.

Nichts.

Mittlerweile bekam ich leichte Panik, da ich keinen Schimmer hatte, wie ich von hier aus alleine ins Paulushaus zurückfinden sollte. Ich wusste noch nicht einmal die Adresse.

Doch endlich kam die Gruppe.

Ich stand an der Ausgangstür des Besucherzentrums und ließ alle an mir vorüber auf den

Parkplatz und in den Bus entschwinden, um in Ruhe meine Zigarette aufzurauchen.

Alle waren nachdenklich und still. Manche lächelten mich flüchtig an, andere nickten nur kurz in meine Richtung. Als auch der Letzte im Bus verschwunden war, drückte ich meine Zigarette aus und begab mich ebenfalls dorthin.

Da legte sich ein Arm um meine Hüfte und ließ mich innehalten.

Selina:

„Ich habe heute geredet und geredet und geredet. Wie ein Uhrwerk. Aber dir ein Wort zu sagen, habe ich nicht geschafft. Verzeih!"

„Ich weiß", sagte ich nur, „du musst deinen Job machen, und nicht nur den machst du toll."

Jetzt lächelte sie mich an.

„Ich habe diese Nacht genossen!"

Mit einem schnellen Blick in Richtung Bus gab sie mir einen Kuss.

„Die Pflicht ruft."

Nur langsam lösten sich unsere Finger voneinander. Ich gab ihr ein paar Schritte Vorsprung, ehe ich dann in die hintere Tür des Busses einstieg.

Ein Kuss und der Tag war gerettet. Wie einfach

war es doch, wieder glücklich zu sein.

Die Rückfahrt verlief äußerst ruhig. Die Eindrücke von Yad-Vaschem lasteten wie ein unsichtbarer Nebel auf der ganzen Reisegruppe.

Kurz bevor wir den Bus verließen, wurde für heute Abend eine viertel Stunde zur Meditation in der Kapelle des Paulushauses angekündigt.

Natürlich für Freiwillige.

Entsprechend gering war die Beteiligung.

Ich hatte gehofft, Selina würde da sein und nahm nur aus dieser Hoffnung heraus daran teil. Aber sie war nicht da.

Klar, auch sie brauchte ab und zu einen Erholungsphase.

Apropos Erholungsphase!

Während ich mich völlig ausgebrannt und müde fühlte nach diesem Tag der „tausend Stufen", gingen zwei Drittel unserer Reisegruppe nach dem Abendessen noch in die Altstadt.

Mir reichte es für heute. Morgen war auch noch ein Tag.

Nichtsdestotrotz eine Episode aus meinem Buch vor dem Einschlafen musste noch sein.

12. Tempelberg und Bet Guvrin

Wouw!

Ich war wieder auf dem Tempelberg.

So riesig hatte ich den ganzen Bereich nicht in Erinnerung. Nachdem der offizielle Teil vorbei war, hatten wir 15 Minuten Zeit zum fotografieren, sollten uns aber nicht zu weit von unserem Ausgangspunkt entfernen.

Nach einigem Umschauen fand ich die Stelle, an der ich mich vor vierzehn Jahren in den Schatten gesetzt hatte, um dann plötzlich in die Zeit des Propheten Amos ins 8. Jahrhundert vor Christus entrückt zu werden. Dort hatte ich an der Hochzeit des Propheten hier in Jerusalem teilgenommen.

Die Versuchung war immens, mich noch einmal dorthin zu setzen und die Augen zu schließen wie damals. Mal sehen, was heute passierte.

Das Einzige, was geschah, jemand trat gegen meinen Schuh und machte mich darauf aufmerksam, dass es wieder einmal weiterging.

War ich jetzt enttäuscht?

Ich wusste es nicht und war mir auch nicht schlüssig darüber.

Um 6.45 Uhr hatten wir uns heute zum Frühstück getroffen und um 7.30 Uhr ging es auch schon schnellen Schrittes los. Mehrmals an den Tagen vorher war uns die lange Schlange vor dem Aufgang auf den Tempelberg aufgefallen. Deshalb heute die Eile und das frühe Aufstehen.

Durch das Damaskus-Tor hinein in die Altstadt und dann eilten wir immer geradeaus. Die Basare waren noch leer, da erst wenige Läden geöffnet hatten, zumeist Bäckereien, wo es herrlich nach frisch gebackenen Brotfladen duftete.

An der Kontrolle am Platz vor der Klagemauer ging alles zügig. Doch dann sahen wir die Schlange, die schon wartend dastand. Mindestens 150 Meter Touristen. Und es war erst 7.50 Uhr.

Und wir reihten uns am Ende ein.

Das lange warten begann. Schleppend nur kamen wir vorwärts. Dazwischen sehr lange Pausen. Die Sonne schien dazu aus einem azurblauen Himmel und schnell wurde es richtig warm. Meine Beine wurden immer schwerer und mein Fußgelenk, das gestern den Tag der „tausend Stufen" einigermaßen überstanden hatte, schlug Alarm.

Endlich nach einer Warte- und Vorrücke-Zeit

von gut eineinhalb Stunden passierten auch wir die strengen Kontrollen.

Beim Aufgang auf den Tempelberg durch einen Bretterverschlag, der den Zugang nach allen Seiten umgab, war es möglich, durch die Zwischenräume von oben auf die Klagemauer und den Platz davor zu schauen.

Es war schon interessant, dass zwei Drittel des Bereiches vor der Klagemauer den Männern, und nur den Männern vorbehalten war. Zwischen Männer-und Frauenseite war ein zirka zwei Meter hoher Holzzaun als Abtrennung und das restliche Drittel der Klagemauer gehörte den Frauen. Im Bereich der Männer herrschte schon zu dieser Stunde ein reger Betrieb. Im Bereich der Frauen war dagegen weniger los.

Und ich dachte, ich trau meinen Augen nicht, aber die wenigen Frauen, die dort waren, standen auf Stühlen an diesem Trennungszaun, um in den Bereich der Männer hineinsehen zu können.

„Neugierde, ich nenn dich Weib", hatte ich einmal irgendwo gelesen. Hier traf es voll zu.

Durch ein steinernes Tor erreichten wir das Areal des ehemaligen Tempelbezirks. Wie gesagt, dass dies hier ein so riesiger Bereich war, musste meiner Erinnerung an damals völlig entfallen sein.

Selina sammelte die Reisegruppe unmittelbar hinter dem Eingangstor und erklärte uns, dass sowohl die Al-Aqsa-Moschee wie auch der Felsendom für Touristen nicht mehr zu besuchen seien.

Unter Olivenbäume links von uns saßen zahlreiche teilweise verschleierte Frauen und hielten ein aufgeschlagenes Buch vor sich. Auf die Frage aus der Gruppe, erhielten wir von Selina die Antwort, dass um den Bereich des Felsendoms herum einige Gebäude Koranschulen beherbergten. Und wie wir sahen, gab es auch Koranunterricht für Frauen.

Bevor wir weitergingen, erinnerte uns Selina daran, das Trinken nicht zu vergessen. Heute würde wieder ein sehr heißer Tag und da wäre eine ausreichende Flüssigkeitsaufnahme außerordentlich wichtig.

Der Anblick und das Bauwerk der Al-Aqsa-Moschee fanden einige Mitreisende nicht so gewaltig, wie es auf Bildern manchmal dargestellt wurde. Da konnte ich ihnen ohne Weiteres zustimmen, es wirkte auch auf mich eher wie ein unscheinbares Gebäude.

Wir stiegen die Treppen hoch und erreichten den großen Platz vor dem Felsendom, der seit

791 nach Christus hier steht.

Selina gab uns eine Viertelstunde Zeit, uns umzusehen und Fotos zu machen.

Und so ging ich, wie schon erwähnt, die Stelle suchen, an der ich vor vierzehn Jahren in die Amoszeit entrückt worden war.

Nostalgie?

Auch, aber mehr noch Neugierde.

Wir sammelten uns neben dem Felsendom an einem kleinen zwölfeckigen Gebäude, einer Miniaturausgabe des Felsendoms, das „Kettendom" genannt wurde.

Und hier erzählte uns Selina eine wirklich nette arabische Geschichte.

Der kleinere Bruder des Felsendoms hat seinen Namen der Legende nach von einer eisernen Kette, die aus dem Himmel bis in dieses Gebäude reichte. Diese Kette hatte von Allah die Gabe verliehen bekommen, zu bestätigen, dass jemand die Wahrheit sagte, wenn es sie berührte.

Eines Tages, so die Legende, trafen sich hier zwei Männer, die miteinander im Streit lagen. Der eine hatte den anderen Geld geliehen. Und dieser behauptete nun, das Geld nicht zurückbekommen zu haben. Dies wiederum bestritt sein Geschäftspartner. Hier an der Kette sollte sich nun herausstellen, wer von beiden die Wahrheit sprach.

Derjenige, der behauptete, er hätte das Geld noch nicht zurückerhalten, fasste die Kette an und wiederholte seine Behauptung. Und ihm passiert nichts. Also hatte er anscheinend die Wahrheit gesprochen.

Der andere, der das Geld zurückgegeben haben wollte, reichte seinem Kontrahenten seine Stock auf den er sich stützte und fasste dann ebenfalls mit beiden Händen die Kette an. Und siehe, auch ihm passierte nichts, weil er auch die Wahrheit sprach.

Wie sah nun des Rätsels Lösung aus?

Das Geld war im Stock versteckt und hatte sich ja kurzzeitig in der Hand dessen befunden, der es angeblich nicht zurückerhalten hatte.

So hatten beide, als sie die Kette berührten, die Wahrheit gesagt.

Weil nun Allah sah, dass seine gut gemeinte Einrichtung zur Wahrheitsfindung einfach aus-getrickst worden war, zog der die Kette der Wahrheit wieder in den Himmel zurück.

Wir mussten alle schmunzeln, denn das war natürlich eine Superstory von dem kleinen Kettendom. Und Selina lächelte schelmisch zurück, weil sie wusste, dass sie uns prima unterhalten hatte.

Solche Geschichten oder Legenden kommen halt immer gut an bei den Zuhörern und lockern die Vorträge aus Information, Zahlen und Geschichtsdaten ungemein auf.

„Und jetzt verlassen wir diesen bedeutsamen Ort durch das Kettentor!"

Sie ging voran und einige fragten sie sofort, ob es zum „Kettentor" auch so eine nette kleine Geschichte gäbe. Selina verneinte das. Das Kettentor hieße so, weil es das nächste Tor am Kettendom wäre.

So einfach war das!

Wir eilten durch das Tor - eigentlich beeilten wir uns immer, weil es jeden Tag, so auch heute, einiges Programm abzuarbeiten galt - und folgten Selina hinein in schmale, enge Gassen, in denen ich mich ohne Führung total verlaufen hätte.

An einer Straßenkreuzung erreichten wir einen kleinen offenen Platz mit einer Kirche auf der einen Seite und viele Cafés auf der anderen Seite. Einige Mitreisenden meckerten hier los, weil sie sich unbedingt eine Pause wünschten, die sie dann schließlich auch bekamen.

Mit vier anderen aus der Reisegruppe - zwei Ehepaaren - setzte ich mich unter einen großen Sonnenschirm in ein Café genau gegenüber der Kirche. Ich bestellte mir einen Cappuccino, während die vier anderen eine Art Baguette und Falafel - kleine, pikant gewürzte, frittierte Bällchen aus gemahlenen Kichererbsen und Linsen - als zweites Frühstück orderten. Das diese Falafel so gut schmeckten, wußte ich allerdings nur, weil ich gebeten wurde, nein eher gezwungen wurde, eines dieser Bällchen einmal zu probieren.

Einige Zeit später überredeten die beiden Frauen ihre Männer, mit ihnen in den Geschäften rund um den Platz einkaufen zu gehen. Sie wollten nach T-Shirts für die Kinder oder Enkel schauen und das ein oder andere Souvenir besorgen.

Den beiden Männern sah man an, dass sie lieber hier gemütlich sitzen geblieben wären. Nachdem ich allen versichert hatte, dass es mir überhaupt nichts ausmache, die verbleibenden zwanzig Minuten bis zum nächsten Treffen hier alleine zu verbringen, verschwanden alle vier in einer Seitengasse mit jeder Menge von Geschäften.

Ich bestellte mir noch einen Cappuccino und holte mein Buch heraus. Für eine Episode war bestimmt noch Zeit.

Pünktlich trafen sich alle wieder und Selina übernahm erneut die Führung in die verwinkelten Gassen hinein.

Und dann befanden wir uns ganz plötzlich auf dem begehbaren Dach der Grabeskirche. Nicht nur ich war völlig überrascht. Durch eine Tür in einer Mauer über der sich die eigentliche Kuppel erhob, stiegen wir Treppen hinunter, durchquerten zwei winzige äthiopische Kapellen und landeten schließlich mitten in der Grabeskirche ziemlich weit vom Haupteingang entfernt.

Das war eine völlig unerwartete und interessante Möglichkeit diesen Ort aufzusuchen. Dazu eine für völlig neue, unbekannte Variante.

Die Grabeskirche an sich hinterließ den erwarteten düsteren Eindruck auf mich. Wie schon vor zig Jahren. In der Nähe der inneren Rotunde und des Haupteingangs herrschte das absolute Chaos.

Ich musste mir das auch nicht antun, für die Berührung des Golgotha-Felsen oder der leeren Grabplatte mich in eine lange Schlange anzustellen. Und die übrigen unserer Reisegruppe sahen das genauso. Da waren wir uns alle einig.

Selina führte uns durch sehr viel Gedränge und

Geschiebe in verschiedene Ecken, Winkel und Krypten der Kirche.

Was sage ich Kirche? Eher ein Durcheinander der unterschiedlichsten Bauten in- und übereinander.

Und jede christliche Konfession verteidigte hier ihr Territorium.

Niemand von uns wollte hier noch lange bleiben und wir machten uns so schnell wie möglich durch den offiziellen Ein- und Ausgang hindurch wieder hinaus auf die Gasse.

Während Selina noch die Häupter ihrer Reisegruppe zählte, ob auch alle mitgekommen waren, diskutierte die Gruppe laut darüber, morgen früh um 6.00 Uhr noch einmal hierher zu gehen. Vielleicht konnte man ja in aller Herrgottsfrühe ohne die Massen von Touristen mehr von diesem Ort aufnehmen. Die meisten waren dafür. Aber es blieb jedem freigestellt, ob er mitging oder nicht.

Ja, dachte ich, geht nur, aber ohne mich. Zum einen reizte mich nicht, hier noch einmal aufzuschlagen, zum anderen bin ich abends ziemlich platt - nicht nur körperlich - und da brauchte ich meinen Nachtschlaf so lange wie möglich. Man bekam den ganzen Tag über so viele Eindrücke und Informationen, dass ich zumindest ab und zu abends eine Mußezeit brauchte, um das alles zu verarbeiten und mich für den nächsten Tag wider zu regenerieren.

Und da musste ja auch noch mein Reistagebuch geschrieben werden.

Und da musste ja auch einmal zwischendurch geschlafen werden.

Also meinetwegen. Wer da morgen früh mitgehen wollte, sollte es tun. Ich nicht.

Selina hatte ihre Schäfchen gezählt. Es fehlte wohl niemand. Und jetzt strahlte sie uns an:

„So, liebe Reisegruppe, jetzt gehen wir in die Neustadt und stürzen uns in die heitere Ausgelassenheit des Purimfestes!"

Sie schmunzelte über unsere mehrheitlich verdutzten Gesichter. Sie schlang ihr sienafarbenes Umschlagtuch über den Kopf und winkte mit einem Zipfel durch die Luft uns zu folgen:

„Yalla, yalla!", hörte ich sie noch rufen.

Sie gab sich plötzlich total locker und aufgekratzt. Ob das an diesem Purimfest lag? Ein Fest, an dem sich wie bei uns zu Karneval die Leute verkleideten zu Ehren der Königin Esther.

Mitten durch die Altstadt, die wir schnellen Schrittes durchquerten, hielt ich ständig Ausschau nach einem sienafarbenen Umschlagtuch, um den Anschluss nicht zu verpassen.

Sienafarben, malvenfarben, fliederfarben. Wo kam ich nur an diese Ausdrücke? Meine Farben bestanden normalerweise aus beige, braun, grün, blau, rot oder lila, wenn ich sie denn benennen sollte. Aber diese neuen Farbnuancen hatte ich wohl irgendwo aufgeschnappt.

Richtig, meistens beim Abendessen. Mitreisende Frauen unterhielten sich bei Tisch über das Outfit unserer Reiseleiterin Selina. Begutachteten, was sie so über Tag getragen hatten. Lobten oder übten Kritik an Selinas Modebewusstsein.

Gestern Abend noch hatte ich zwei Frauen gegenüber gesessen, die sich genau darüber unterhielten:

„Findest du nicht, dass das fliederfarbene Umschlagtuch heute nicht so gut zu der Jeans und der pinkfarbene Bluse passte?"

„Sie sah darin aus wie ein pubertierender Teenager, findest du nicht?"

„Getragene Farben wie diese malvenfarbene Leinenhose oder dieser weinrote Rock stehen ihr viel besser, oder?"

Bei den Gedanken an dieses Gespräch musste ich laut auflachen, so dass rechts und links der ein oder andere fragende Blick mich traf.

Sienafarben!

Für mich war das beige-braun!

In der Neustadt, die sich kaum von anderen modernen Großstädten unterschied, erreichten wir nach kurzem Fußmarsch eine verkehrsberuhigte Zone mit vielen Geschäften, Cafés, Terrassen und Springbrunnen.

Überall war Hochbetrieb.

Kinder wie Erwachsene hatten sich vielfach verkleidet. Manche nur andeutungsweise mit einem bunten Hütchen auf dem Kopf, andere von Kopf bis Fuß zum Beispiel als Prinzessin oder Supermann.

Selina zeigte uns von einer Terrasse aus einen Platz jenseits einer stark befahrenen Straße. Dort würde in zirka einer Stunde der Bus auf uns warten.

Eine Stunde Zeit!

Und ich hatte jetzt Hunger. Oder zumindest Appetit. Seit dem Frühstück bestand meine Nahrungsaufnahme aus zwei Tassen Cappuccino und einem Apfel. Also ging ich in eines der Cafés von dessen Außenterrasse ich den Platz an dem unser Bus landen sollte, bestens im Auge hatte. Und ich saß da und wartete auf jemanden, dem ich meine Bestellung anvertrauen konnte.

Eine Familie am Nebentisch, die Kinder toll als Clowns verkleidet, klärte mich in Englisch darüber auf, dass dies ein Selbstbedienungsladen war. So bat ich sie, mir den Tisch freizuhalten, während ich nach drinnen zog, um meine Bestellung aufzugeben.

Das lief hier vielleicht irre ab. Man bestellte aus dem reichhaltigen Angebot an Kuchen, Teilchen, Baguette und Ähnlichem, bezahlte und gab einen Namen an. Wenn dieser Name aufgerufen wurde, war das Menü fertig zusammengestellt und man konnte seine Bestellung auf einem Tablett an der Ausgabe abholen.

Ich hatte spaßeshalber - schließlich fand ja das Purimfest statt - als Namen „Nepomuk" gewählt. Ganz gespannt wartete ich darauf, aufgerufen zu werden. Noch gespannter war ich, wie der Name hier sich anhören würde. Alles verlief dann beruhigend unspektakulär.

Mit ein wenig Akzent wurde der Name „Nepomuk" aufgerufen und ich holte mein Tablett ab.

Das Baguette beruhigte meinen hungrigen Magen. Da mein Koffein-Bedarf für diesen Tag mehr als gedeckt war, hatte ich mir dazu eine heiße Schokolade mit Sahne gegönnt. Die hin-

terließ aber einen so eigenartigen Nachgeschmack im Mund, dass ich mehr als die Hälfte
davon in der Tasse ließ.

Ein Blick auf die Uhr sagte mir, noch fast eine
halbe Stunde Zeit bis zum Treffpunkt.

Zuerst kam ich in Versuchung, mein Buch herauszuholen. Den Gedanken verscheuchte ich
ganz schnell wieder. Um herum war so viel Trubel und Spaß und Ausgelassenheit und Lärm,
ich hätte mich nicht auf das Lesen konzentrieren können.

Dafür waren dann die Gedanken, die in dem
Buch vorgestellt wurden, zu schade, um nur
überflogen zu werden. Die vielfältigen Überlegungen und Auslegungen zu meist bekannten
Bibelstellen, die in diesem Buch angesprochen
wurden, waren es wert, in Ruhe gelesen zu
werden.

Mit einem leichten Bedauern verschwand mein
Buch wieder in meinem Rucksack.

Kurz nach 13.00 Uhr fuhren wir mit dem Bus
aus Jerusalem hinaus nach Bet Guvrin. Die
Fahrt sollte eine Stunde dauern. Da ich in der
Nacht sehr unruhig geschlafen hatte, legte ich
mich jetzt einfach quer über die Rückbank und
nahm meinen Rucksack als Kopfkissen. Und da
hielt ich denn auch einen kurzen aber intensi-

ven zwei Minuten Schlaf. Und ich fühlte mich danach auch tatsächlich besser.

Beim Aussteigen auf einem Parkplatz mitten in der Pampas - also zwischen weiten Feldern und Wiesen - knurrte mein Magen schon wieder wie ein alter Bär. Das Baguette hatte ihn wohl nicht für längere Zeit sättigen können. Weit und breit sah hier nichts nach Restaurant oder Café oder wenigsten nach einem Kiosk aus. Ja, nicht einmal ein Haus oder überhaupt ein Gebäude konnte ich in Sichtweite entdecken. Also musste sich der hungrige Bär zunächst einmal in Geduld fassen. Schließlich war ja auch Fastenzeit. Umso mehr freute ich mich jetzt schon auf das Abendessen im Paulushaus. Hoffentlich gab es etwas Gescheites.

Über Bet Guvrin wusste ich nichts. Also blieb nur die Überraschung.

Vom Parkplatz aus steuerten wir ein großzügig umzäuntes Loch in der Erde an. Eine Treppe führte in die Tiefe und ich glaubte schon, wir würden besondere unterirdische Grabhöhlen besichtigen. Doch wir langten unten an und waren alle total verblüfft.

Nein, hier waren keine Grabhöhlen.

Hier war einmal ein Taubenschlag gewesen.

Im Schein vieler Lampen tat sich uns ein riesengroßer Saal auf.

Wie Selina uns erläuterte, befanden sich in den Wänden um uns an die 2000 kleine Nischen. Hier wurden in der Zeit zwischen 100 und 200 nach Christus von den Edomitern Tauben gezüchtet. Die Tauen brauchte man in Massen als Opfertiere, aber auch als Fleischverzehr des kleinen Mannes kamen sie auf den Tisch.

Unglaublich!

Fast 30 Stufen unter der Erde ein riesengroßer Taubenschlag.

Muss das hier gestunken haben!

Aus der Erde wieder heraus, strebten wir einem kleinen mit Sträuchern bewachsenen Hügel zu. Hier war denn auch tatsächlich eine Grabanlage. Sie stammte aus edomitischer Zeit und war für Besucher aufwändig mit all ihren Malereien restauriert worden. Zehn bis zwölf Grabnischen starten uns entgegen, die innen weiß getüncht so gar nicht den Eindruck von Gräbern machten.

Irgendein Spaßvogel aus unserer Reisegruppe meinte sogar: „O Mann, gab es hier große Tauben!"

Selina stellte uns draußen vor der Grabanlage vor die Wahl, denselben Weg zurück zum Parkplatz einzuschlagen oder mit ihr über die üppig blühenden Wiesen einen halbstündigen Spaziergang zu machen, der ebenfalls wieder zum Parkplatz führte.

Natürlich entschieden sich alle für den längeren Weg.

Wir folgten einem Trampelpfad und die Botaniker unter den Mitreisenden kamen voll auf ihre Kosten. Ich weiß nicht, wie oft ich sie ausschwärmen sah, um hier eine seltene Pflanze oder dort eine wunderschön blühende Blume zu fotografieren. Ich kenn nicht so viel - eigentlich kaum was - von Flora und Fauna, aber einige Teilnehmer gerieten regelrecht ins Schwärmen.

Als der Weg etwas breiter wurde, blieb Selina stehen. Sie zeigte auf die grünen, üppig blühenden Wiesen um uns herum und meinte dann dazu:

„Sie werden es sich kaum vorstellen, aber hier, wo jetzt Mitte März die tollsten Blumen blühen und überall grünes Gras ist, wird in zirka 6 Wochen nichts mehr davon zu sehen sein. Dann ist hier rund herum nur noch gelblich-brauner Boden und es wächst kein Grashalm mehr.“

Sie nahm ihr Umschlagtuch ab und hielt es wie eine Fahne neben sich.

„Alles sieht dann ungefähr so beige-braun aus

wie dieses Tuch hier."

Sie sagte nicht: sienafarben.

Und ich war dankbar, dass endlich eine Farbe erwähnt wurde, die ich auch verstehen konnte.

Auf der anschließenden Rückfahrt ging Selina von vorne nach hinten durch den Bus und unterhielt sich rechts und links mit einigen Mitreisenden.

Zum Schluss stand sie vor mir:

„Noch zwei Mal schlafen und du wirst wieder nach Hause fahren."

Ich wartete, ob da noch mehr gesagt werden musste. Schließlich hatte ich mich schon innerlich auf einen Abschied in irgendeiner Form eingestellt und wünschte mir jetzt nur, dass es nicht hier und so formlos in einem fahrenden Bus sein würde.

„Würdest du heute Abend zu einem kleinen Abschiedsessen zu mir kommen? Nur wir zwei?"

Sie lächelte nicht und man konnte merken wie wichtig ihr meine Antwort war.

Und meine Stimme krächzte:

„Gerne!"

„Ich freu mich!"

„Wie viel Uhr?"

„Gegen 21.00 Uhr wäre dir das recht?"

„Ok, ich komme!"

Weitere Worte brauchten wir nicht. Sie nahm meine Hand, drückte sie kurz an ihre Brust und beugte sich zu mir für einen flüchtigen Kuss auf die Wange.

Ich schloss die Augen und atmete ihren Duft ein.

„Bis nachher."

Ich nickte nur.

Sehnsüchtig sah ich ihr nach, während sie im Gang wieder nach vorne verschwand.

Gegen 17.30 Uhr waren wir zurück im Paulus-haus. Zum Abendessen gab es Hähnchen-schnitzel, Reis Erbsen und Möhren.

Ich nahm zwar daran teil, um durch ein even-tuelles Fehlen nicht zu Spekulationen Anlass zu geben, aber ich nahm nur eine kleine Miniporti-on von allem. Gerade mal so viel, um meinen knurrenden Magen zu besänftigen und ver-stummen zu lassen.

Nach einer Zigarette auf der Dachterrasse ging ich zurück auf mein Zimmer, um zu duschen. Als ich dann mit dem vorletzten Satz meiner sauberen Sachen bekleidet war, schaute ich auf die Uhr.

Die Zeit wollte einfach nicht schneller gehen. Und ich kam mir vor wie ein verliebter Teenager bei seinem ersten Rendezvous.

Vielleicht war ich das ja auch.

In zwei Tagen war ich wieder zuhause und allein. Dann war alles von hier und jetzt Vergangenheit. Und vielleicht würde dann die Trauer mit brutaler Macht wieder zurückkommen.

Nicht um eine Tote diesmal, sondern um eine Lebende.

Ein gemeinsames Leben mit Selina war keine Option. Ich konnte nicht in diesem Land bleiben und sie konnte nicht mit mir gehen. Also würde diese zarte Geschichte mit dieser Reise hier enden.

Aber daran wollte ich heute Abend nicht denken.

Um die Zeit schneller vergehen zu lassen und um auf andere Gedanken zu kommen, griff ich zu meinem Buch.

Ich fand die kleine Gasse auf Anhieb.

Zu meiner Erleichterung ließ sich die Klinke in dem eisernen Tor mühelos herunterdrücken und die Tür öffnen. Mit einem Gefühl froher, aber auch nervöser Erwartung durchquerte ich den schwarzen Schatten des Baumes im Innenhof und stieg die eiserne Treppe hinauf. Die vielen Variationen von Dunkelheit machten das gedämpfte Licht aus Selinas Wohnung noch vielversprechender.

Sie öffnete mir in einem langen weißen Kleid, die Haare zu einem Pferdeschwanz zusammengebunden und führte mich in eine kleine Essecke.

Ich starrte auf den festlich gedeckten Tisch und hatte einen dicken Kloß im Hals.

Selina küsste mich, bevor sie mich bat, Platz zu nehmen.

Es gab Lammfleisch, Safranreis und einen bunten Salatteller. Dazu stand eine Karaffe Rotwen und eine mit Wasser bereit.

Bevor Selina sich ebenfalls setzte, zündete sie die Kerzen auf dem Tisch an und löschte das Lampenlicht.

„Willkommen und guten Appetit.“

Außer nervös zu lächeln, hatte ich bisher noch kein Wort gesprochen, aber das schien sie nicht im Mindesten zu stören.

Nach den ersten Bissen, die hervorragend schmeckten, sah sie mich an:

„Warum bist du so ernst?“

Mir war gar nicht bewusst gewesen, ernst auszusehen.

„Es schmeckt köstlich.", versicherte ich ihr und versuchte ein Lächeln.

Mittlerweile hatte sie uns den Rotwein einge-schenkt und hob mir ihr Glas entgegen:

„Le chajim - zum Leben!", sagte sie und wir stießen an.

„Also, was bedrückt dich?"

Ich kaute meinen Mund leer, was mir Zeit gab, über meine Antwort nachzudenken.

„Selina, ich habe Angst."

Sie runzelte die Stirn und dann nickte sie. Und ich fuhr fort:

„Ich bin so schwer mit der Trauer um meine Frau und mein Kind fertig geworden."

Kurze Pause und ein weiterer Schluck Rotwein.

„Und hier sitzen wir uns jetzt gegenüber und feiern Abschied."

Meine Stimme versagte. Also noch einmal mit einen Schluck Rotwein die Stimme ölen.

„Und jetzt habe ich Angst, wieder trauern zu müssen. Nicht um meine tote Frau, nein, um meine lebendige Selina."

Jetzt, war es also ausgesprochen.

Seit vorgestern Nacht hatte diese Furcht wie eine kalte Hand meine Kehle immer wieder zugeschnürt. Es war die Angst, dass ich mit meiner Rückreise nach Hause, Selina nie mehr wiedersehen würde.

Es war schade um das schöne Essen, das wir einfach stehen ließen. Wie Ertrinkende klammerten wir uns aneinander und flüchteten in das Dunkel ihres Schlafzimmers.

Einige Zeit später lag ich mit dem Kopf in Selinas Schoß und spürte eine tiefe innere Ruhe.

„Erzähl mir von Katharina!", flüsterte Selina.

Und ich erzählte den Schatten und Lichtreflexen da draußen vor dem Fenster alles, was mich bewegte.

Irgendwann und irgendwie musste ich dann eingeschlafen sein.

Geweckt wurde ich von einem herrlichen Kaffeeduft. Selina saß neben mir auf der Bettkante und reichte mir ein Tässchen mit starkem, süßen arabischen Kaffee.

„Guten Morgen!"

„Wie spät ist es?"

Draußen vor dem Fenster war es bereits hell.

„Du hast noch reichlich Zeit bis zum Frühstück im Paulushaus."

Der Kaffee weckte wieder sämtliche Lebensgeister in mir.

Bald darauf stand ich von innen vor der noch geschlossenen Wohnungstür und kam nicht weiter. Selina stand hinter mir und hielt mich fest in ihren Armen, sodass ich ihren Atem in meinem Nacken und an mein Ohr spürte.

„Trauer nicht um uns!", flüsterte sie, „Erfreu dich unserer Erinnerungen!"

Ich drehte mich vorsichtig, um in ihrer Umarmung zu bleiben.

Aus dem Nichts fiel mir ein Vers aus der Bibel ein, den ich in meinem Buch gelesen hatte:

„Ich habe dein Angesicht gesehen, sehend das Angesicht der Gottheit, und du bist mir wohlwollend begegnet."

Sie lächelte.

„Du überraschst mich immer wieder!"

Mit einem letzten innigen Kuss verabschiedeten wir uns in diesem Morgengrauen voneinander. Wir brauchten keine Worte und Gesten mehr. Wir hatten keine Zukunft miteinander, aber eine innige Vergangenheit.

Der Weg zum Paulushaus kam mir heute unheimlich lang vor. Das Morgengrauen machte mich traurig, aber das Licht der stärker werdenden Sonne beschwingt.

Und dann war da plötzlich so eine Neugierde, was das Leben mir noch so alles bieten würde.

13. Betlehem und Daouds Weinberg

Es war nur eine Viertelstunde nach dem offiziellen Beginn des Frühstücks, da betrat ich den Speisesaal.

Ein paar Mitreisende waren schon im Frühstücksraum anwesend, andere trudelten so nach und nach ein.

Ausgerechnet die „Nervensäge" aus Nazareth setzte sich mir gegenüber. Nur ein „guten Morgen" hätte aus meiner Sicht gereicht, um ein ruhiges Frühstück zu haben. Aber sie schien unbedingt auf ein längeres Gespräch aus zu sein. Und zu dumm, dass die anderen am Tisch mehr als einsilbig heute Morgen waren und ebenfalls nicht so für Smalltalk empfänglich.

Und so sollte ich wohl das Opfer sein.

„Ich habe Sie heute Morgen am Damaskustor gesehen."

„Hm."

„Waren Sie auch in der Grabeskirche? Dort war es ja so angenehm leer heute früh, dass man genug Zeit und Muße hatte, die vielen Heiligtümer in Augenschein zu nehmen und gebührend zu verehren."

„Hm."

„Und wie fanden Sie es?"

„Ich war nicht dort."

„Nicht?"

„Nein."

„Ich will ja nicht neugierig sein, aber es interessiert mich, was Sie sich denn heute in der Frühe schon angesehen haben?"

„Eigentlich nichts."

„Also waren Sie nur spazieren oder hatten Sie ein bestimmtes Ziel?"

Jetzt reichte es!

„Ich war in einer Moschee um dort das jüdische Kaddish für eine verstorbene christliche Liebe zu beten."

Mein Nachbar verschluckte sich vor Lachen und mein neugieriges Gegenüber stellte klirrend ihr Geschirr zusammen und zog beleidigt ab.

„Man wird doch einmal fragen dürfen!"

Um 8.30 Uhr ging es dann los in Richtung Betlehem.

Beim Einstieg durch die vordere Bustür begrüßte Selina die einzelnen Mitglieder der Reisegruppe. Die meisten Male war ich direkt über den hinteren Einstieg in den Bus und auf die Rückbank geklettert. Diesmal ging ich nach vorne.

Selina lächelte mich an und begrüßte mich mit einem völlig neutralen „Guten Morgen".

Dabei nickte sie nur. Dafür berührte sie meine Hand mit einem leichten zärtlichen Druck. Und ich will gar nicht bestreiten, wie gut mir ihre Berührung tat.

Betlehem!

In meiner Erinnerung von vor 14 Jahren zeichnete sich der Checkpoint, der in den Ort führte, als ein verschlafener Posten ab. Betlehem ist nämlich palästinensisches Autonomiegebiet. Auf der israelischen Seite erinnerte ich mich an militärische Wachposten, die schwer bewaffnet vor ihren Jeeps gestanden hatten, auf palästinensischer Seite an eine einfache Doppelgarage, auf der die palästinensische Flagge schlaff herunter hing und an ein paar verschlafene Polizisten auf Plastikstühlen.

Seit der 2. Intifada, die in den Jahren 2002 und 2001 stattfand, hatte sich diese Idylle heute total verändert.

Der israelische Kontrollpunkt befand sich vor einer mindestens 10 Meter hohen Mauer mit Wachtürmen in gewissen Abständen, die sich so weit das Auge reichte nach rechts und links erstreckte. Sie wirkte auf mich so abschreckend, dass ich mich fragte, ob man dahinter überhaupt wohnen, geschweige denn leben konnte.

Selina stieg hier aus.

Wie uns ja bekannt war, durfte sie als Israelin in dieses Autonomiegebiet nicht hinein. Auf der Rückfahrt würde sie wieder zu uns stoßen.

Am liebsten wäre ich mit ausgestiegen.

Aber wir würden nicht ohne Führung bleiben, erklärte sie uns noch. In Betlehem an der Geburtskirche würde und Amal Daher, eine Palästinenserin erwarten, die uns diesen Teil der Reise begleiten würde.

Wir fuhren im Zickzackkurs durch den Kontrollpunkt, erreichten einen Durchlass in dieser abschreckenden Mauer und waren in Betlehem.

Und tatsächlich, hier hinter dieser Mauer pulsierte das arabische Leben. Die ersten Häuser reichten sogar direkt bis an die Mauer heran.

Alles einfach unglaublich!

Die Israelis hatten echt ein Problem. Bestimmt ein Sicherheitsproblem, aber mehr noch ein psychologisches.

Aber es sollte noch besser, nein, noch schlechter kommen, wenn man realistische sein will, auf Daouds Weinberg.

Aber dazu später.

Zunächst ging es zur Geburtskirche.

So prachtvoll der eigentliche Altarraum im griechisch-orthodoxen Stil mit sehr viel Kerzenleuchter, Ikonen und noch anderem Schnick-Schnack aussah, so herunter gekommen wirkte der Rest. Die Seitenschiffe erinnerten eher an verwahrloste Pferdeställe als an Teile einer so bedeutsamen Kirche.

Vor der Kirche waren wir von Amal Daher, der palästinensischen Reiseleiterin empfangen worden. Sie stellte sich kurz vor und ich war ehrlicherweise gar nicht verwundert bei all den Informationen, die wir über das Verhältnis zwischen Palästinensern und Israelis schon erhalten hatten, dass Amal Daher nicht in Betlehem und erst recht nicht außerhalb, in ihrem erlernten Beruf eine Arbeitsstelle fand.

Sie war nach ihrem Studium in der Schweiz in ihre Heimatstadt Betlehem zu ihrer Familie zurückgekehrt, hatte geheiratet und mittlerweile zwei fast erwachsene Kinder.

Wie gesagt, es gab nicht genug Arbeitsplätze für eine studierte, ja promovierte Werbefachfrau in Betlehem.

Und außerhalb ließen die Israelis sie nicht arbeiten und gaben ihr keine Aufenthaltserlaubnis.

Mir brauchte niemand zu verdeutlichen, dass dies eine klare Form von Apartheid war, auch wenn dieser Begriff hier nie auftauchte, um das Verhältnis zwischen Israelis und Palästinensern zu verifizieren.

Die Eingangspforte in der Geburtskirche war so niedrig, dass wir uns alle tief bücken mussten, um hineinzugelangen.

Amal Daher erklärte uns dazu, zur Zeit der Kreuzzüge wäre das einstmals hohe prächtige Tor bis auf diese kleine Pforte zugemauert worden. Die Herren Ritter hatten nämlich die dumme Angewohnheit gehabt, mitsamt ihren Pferden in die Kirche zu reiten.

Später ließ man den Eingang so. Dahinter steckte der Gedanke, jeder Besucher müsste sich beim Eintritt automatisch verneigen, bevor er diesen heiligen Ort betreten dürfte.

Vor dem Abstieg in die eigentliche Geburtsgrotte, über der die Kirche ja errichtet war, stand - wie nicht anders zu erwarten - eine lange Schlange von Touristen, die sich nur langsam vorwärts quälte.

Ich verzichtete darauf, mich dort einzureihen. Zum einen hatte ich bei meinem früheren Israelbesuch diese Stätte schon einmal besichtigt.

Zum anderen erzählte mir Katharina vor langer Zeit einmal, Jesus sei aller Wahrscheinlichkeit nach in Nazareth geboren und nicht hier.

So bemerkte ich dann auch verhalten laut, bevor ich mich wieder nach draußen in die Sonne verabschiedete, dass es wohl reine Theologie wäre, dass Jesus hier geboren sein sollte und zu einem hohen Prozentsatz nicht der historischen Realität entspräche.

Vielleicht wollte ich einfach nur provozieren.

Vielleicht regte mich nur das scheinheilige Getue so mancher Pilger um mich herum auf.

Natürlich erntete ich teilweise böse, teilweise mitleidige Blicke von den Umstehenden. Damit konnte ich allerdings leben, sie störten mich nicht.

Draußen war seit Tagen tolles Sommerwetter und ein strahlend blauer Himmel.

Unter dem kritischen Blick zweier Sicherheitsleute schwang ich mich auf ein Mäuerchen, das den linken Teil des Kirchplatzes begrenzte.

Nachdem ich einen großen Schluck meines lauwarmen, abgestandenen, kohlesäurearmen Wassers getrunken hatte, schien es an der Zeit, mein Buch wieder einmal aufzuschlagen.

„Mein" Buch, dachte ich schon, und nicht mehr

„das" Buch. Aber in dem Buch war mehr Sub-
stanz als in einer Geburtskirche ohne Geburt.

Eine ganze Zeit später hatten wohl alle ihren
Kotau vor dem goldenen Stern in der Geburtsgrotte beendet und nach einem kurzen Rundgang durch die Innenstadt von Betlehem fuhr
uns der Bus weiter zu Daouds Weinberg.

Von einer gut ausgebauten neuen Straße bog
der Bus nach einer viertel Stunde in einen
Feldweg ein. Es ruckelte und schaukelte gewaltig bis wir an eine breitere Stelle kamen, an der
der Fahrer den Bus wenden konnte.

Aber der Busfahrer hatte sich nicht verfahren.

Er hielt in Gegenrichtung an und wir durften
aussteigen.

Warum es hier nicht weiterging, sah ich sofort
als ich ausstieg.

Die weiterführende Straße oder besser gesagt
der aufwärtsführende Feldweg war kurz hinter
dieser Wendemöglichkeit auf ganzer Breite und
noch darüber hinaus durch große Felsbrocken
versperrt.

Durch diese Steinansammlung führte nur ein
schmaler Fußweg. Danach ging es ungefähr 10
Minuten diesen Feldweg in kleineren Kurven
stetig bergauf. Wir kamen durch Weinreben

und Olivenhaine und erreichten plötzlich ein Tor.

Das Tor und der Zaun rechts und links sperrte den Weg ab, der hier endete.

Neben diesem Tor stand ein großer flacher ebenmäßiger Felsbrocken und als ich näher herantrat, las ich:

„Wir weigern uns Feinde zu sein!"

Außer in Deutsch, standen die Worte da in Englisch und ich vermutete auch in Arabisch.

Mich überlief ein eigenartiges Kribbeln.

Hatte ich da etwa ein Déjà-vu Erlebnis?

Wo hatte ich das nur schon einmal gelesen?

Dann fiel es mir ein.

Hecktisch streifte ich meinen Rucksack ab und holte mein Buch heraus.

Von meinem Lesezeichen angefangen, fächerte ich die Seiten mit Daumen und Zeigefinger durch.

Da!

Die Schriftlesung war das Lukasevangelium zu Weihnachten.

Maria und Josef in Betlehem.

Die Geburt Jesu.

Das Kind in der Krippe.

Die Engelerscheinung und die Hirten.

Und darüber als Überschrift:

„Wir weigern uns Feinde zu sein!"

Schnell blätterte ich an den Anfang des Buches zur Vita des Autors.

Ja, hier stand es. Während seiner Zeit in Israel hatte er auch Daouds Weinberg besucht. Leider blieb keine Zeit, um mich jetzt mehr damit zu beschäftigen.

Aber, was für ein Zufall.

Oder doch nicht?

Mittlerweile warteten wir alle vor dem Tor. Es dauerte auch nicht mehr lange und ein Mann, Mitte 40, mit Vollbart und grüner Latzhose über einem bunten Holzfällerhemd, kam lächelnd auf uns zu und schloss uns das Tor auf.

„Willkommen auf Daouds Weinberg.", begrüßte er uns in akzentfreiem Deutsch.

Die Kuppe, auf der uns hinaufführte, wirkte auf mich im ersten Moment wie eine etwas herun-tergekommene und verlassene Kleingartenan-lage.

Auf einem Platz vor einer grün gestrichenen Doppelgarage, allerdings mit normaler Tür und zwei Fenstern, stand ein alter VW-Bus. Etwas oberhalb dahinter konnte ich unter einer aufgespannten Plane allerlei landwirtschaftliches Gerät ausmachen. Und auch das schien schon bessere Zeiten erlebt zu haben wie die gesamte Anlage. Jenseits der Kuppe unter hohen Zypressen standen 3 große Zelte aufgebaut.

Der Mann führte uns auf den Weg weiter aufwärts um eine kleine Erhebung herum. Und dann staunte ich nicht schlecht. In dieser Hügelkuppe befand sich eine größere Höhle. Die beiden großen Holztore, die weit aufstanden, dienten dazu, diese Höhle zu verschließen.

Der Mann bat uns einzutreten.

Natürlich sahen wir uns alle neugierig um.

Rechts neben dem Eingang stand ein Tisch mit Informationsmaterial und Flyer und ein großes Sparschwein. Den größten und zwar den hinteren Teil der Höhle nahmen Tische und gepolsterte Bänke ein.

Der Mann bat uns Platz zu nehmen und wartete geduldig, bis auch der Letzte von uns ein ihm angenehmes Plätzchen gefunden hatte.

Dann stellte er sich vor:

„Mein Name ist Daoud. Das ist die arabische Version von David. Und ich möchte Sie alle auf meinem Weinberg hier auf 950 Metern über dem Meer herzlich willkommen heißen."

Und wir erfuhren so einiges über Daoud und seinen Weinberg. Während Daoud sprach, war es in unserer Reisegruppe so still wie in einer Kirche.

Er erzählte:

„Wir befinden uns zirka 8 Kilometer südlich von Betlehem im sogenannten besetzten Westjordanland.

1916 kaufte mein Großvater von einem arabischen Großgrundbesitzer diesen Weinberg.

Heute kann ich 3 Besitzurkunden vorweisen. Je nach Besatzern hier habe ich eine osmanische, eine englische und eine jordanische Urkunde darüber, dass meine Familie der rechtmäßige Eigentümer dieses Weinbergs ist.

Um meinen Weinberg herum sind mittlerweile 6 israelische Siedlungen entstanden. Nach geltendem Recht alle illegal.

Daoud machte eine Pause und räusperte sich.

Dann erzählte er weiter, dass die Israelis ihm seinen Weinberg streitig machen wollten. Sie behaupteten, seine Besitzurkunden gelten nichts, da dieses Land schließlich von Gott höchstpersönlich ihnen, den Juden, übereignet worden sei. Seit mehr als 25 Jahren führt er deshalb eine juristische Auseinandersetzung mit dem Staat Israel.

In der Zwischenzeit ist er Schikanen von Seiten der Israelis ausgesetzt.

Man hat seine Zufahrtsstraßen durch Felsgestein blockiert. Er hat keine Wasserversorgung mehr. Er darf hier nicht bauen und wird sogar von Zeit zu Zeit vom israelischen Militär gezwungen, seine Zelte abzureißen.

Oft kommen, meist nachts, israelische Soldaten oder ultra-orthodoxe Siedler und bedrohen ihn. Sie schießen auf seine Ziegen und Schafe, reißen Weinstöcke aus und beschädigen seine Olivenbäume.

Daoud ist Christ und hat in Deutschland Agrarwissenschaft studiert.

Trotz all dieser widrigen Umstände aber ist Daoud der Meinung, ein Zusammenleben zwischen Israelis und Palästinensern muss friedlich möglich sein. Deshalb weigert er sich, ein Feind zu sein.

Um eine Friedensinitiative aufzubauen, hat er hier oben auf seinem Weinberg das Projekt „Zelt der Nationen" gegründet.

Jedes Jahr im Sommer bietet er palästinensi-

schen Kindern und Jugendlichen die Möglichkeit, das Landleben auf seinem Weinberg kennen zu lernen. Unterstützt wird er dabei von
jungen Frauen und Männern aus aller Welt, die
unentgeltlich als Volontäre bei ihm für eine gewisse Zeit arbeiten.

Wenn wir, die Mitglieder dieser Reisegruppe,
sein Projekt unterstützen wollten, sollten wir
zuhause von ihm und seiner Initiative erzählen
und es bekannt machen.

Außerdem bat er um eine kleine Spende zum
Ankauf neuer Setzlinge für seinen Weinberg.
Beim kommenden Zeltlager würden diese dann
von palästinensischen Kindern auf dem Weinberg angepflanzt.

Und zum Schluss legte er uns noch einmal seinen Wahlspruch ans Herz:

„Wir weigern uns Feinde zu sein."

Sein Vortrag hatte uns alle mehr als nachdenklich gemacht.

Jemand stellte in die Stille hinein die Frage, ob
Daoud denn überhaupt Hoffnung habe, dass
sich in diesem feindlichen Gegenüber irgendetwas bewegen würde.

Daoud lächelte als Antwort und strich sich über
den Bart:

„Wenn Sie mir bitte folgen wollen!"

Wir standen auf und folgten ihm.

Auf der anderen Seite der Hügelkuppe erstreckte sich ein flaches Arsenal, auf dem die Grundmauern eines ehemaligen steinernen Gebäudes zu erkennen waren. Dahinter zwischen den Bäumen an einem Abhang zeigte Daoud auf 3 Laubhütten. Sie sahen aus wie Dixie-Klos aus Naturmaterialien. Und das waren sie auch.

Von unserem Standpunkt aus hatten wir außerdem einen weiten Blick über ein tiefes Tal hinweg auf eine Siedlung am Hang des benachbarten Hügels.

Daoud zeigte auf diese Siedlung.

„Dort wohnen ultra-orthodoxe Juden. Selbst von hier aus können Sie den dreifach Stacheldraht und die Türme der Wachmannschaften erkennen."

Tatsächlich, der Ort mit den weißen malerischen Häusern wirkte wie eine Festung.

Daoud bat darum, uns um 45 Grad zu drehen.

Auch dort lag an einem Berghang eine der illegalen Siedlungen. Aber sie schien viel weniger gesichert, wenn auch ein Drahtzaun rund um das Gelände verlief. Daoud zeigte dahin:

„Dort wohnen überwiegend Pensionär. Amerikaner jüdischer Abstammung. Ehemalige Kibbuzniks, also Leute, die einmal in einem landwirtschaftlichen Kibbuz gearbeitet haben."

Jetzt drehte er sich wieder uns zu und strahlte uns an:

„Einer dieser Pensionäre, Israeli wohlgemerkt, einer dieser Ehemaligen, hatte auf unserer Seite im Internet gelesen, wie es uns hier ergeht: Ohne fließend Wasser, ohne Strom, ohne sanitäre Anlagen.

Eines Tages tauchte er mit zwei Bekannten hier auf und bot seine Hilfe an. Er war früher Fachmann für biologische Toilettenanlagen und für Wasseraufbereitung."

Daoud deutete auf die 3 Laubhütten.

„Und, voila, sie halfen uns 3 biologische Toilettenanlagen zu bauen."

Er strich wieder durch seinen Bart.

„Deshalb zu Ihrer Frage. Ja, es gibt Hoffnung."

Das Ganze hier war ein Phänomen und nicht nur ich war sprachlos.

Natürlich wurde anschließend gespendet.

Natürlich war das Gehörte und Erlebte Gesprächsthema im Bus während des gesamten Rückweges.

Und natürlich kribbelte es mir in den Fingern, mein Buch herauszuholen, und die entsprechende Stelle darin genau nachzulesen.

Aber bevor wir auch nur einen Teil der Informationen und Eindrücke verarbeiten konnten, erreichten wir schon den nächsten Brennpunkt und zwar diesmal mitten in Betlehem: das Baby-Hospital.

Kemal, der wie zuvor Daoud sehr gut Deutsch sprach, empfing uns in der Eingangshalle.

Er stellte sich vor und kündigte an, uns etwas über die Arbeit in diesem Krankenhaus erzählen zu wollen.

Während er uns über 2 Stationen führte, erfuhren wir von ihm, dass dieses Krankenhaus von der deutschen, österreichischen und schweizerischen Caritas Unterstützung erhält. Darüber hinaus ist es zunehmend auch auf Spenden und Zuweisungen angewiesen.

Das Krankenhaus nimmt Kinder bis zu 7 Jahren auf, egal, ob sie christlich oder muslimisch sind und die Behandlungen hier sind meist kostenlos.

Für Palästinenser gibt es sonst so etwas nicht. Vor allen Dingen, da die Mehrzahl der Palästinenser keine Krankenversicherung wie in Deutschland haben und sich auch nicht leisten könnten. Da ist so ein Hospital der reinste Segen.

Am Ende des Rundgangs führte Kemal uns in eine kleine Kapelle. Dort packte er seine Blockflöte aus und begann das Weihnachtslied: „O, du fröhliche, o, du selige….." zu spielen.

Die ersten Mitreisenden summten schon mit, als er abbrach und uns lächelnd aufforderte, die ersten 2 Strophen mitzusingen; denn in Betlehem, wo Jesus geboren wurde, ist immer Weihnachten.

Zum Abschluss gab es in der Cafeteria des Krankenhauses für jeden ein Stück Kuchen und eine Tasse Kaffee. Dazu einen Flyer mit allen relevanten Angaben zum Baby-Hospital und der Angabe von Spendenkonten.

Dann verabschiedeten wir uns von Kemal, von Betlehem und von Amal Daher, bevor am Checkpoint Selina wieder zu uns stieß.

Ich döste auf meiner Rückbank vor mich hin und wäre fast eingeschlafen, wenn nicht im Bus von vorne nach hinten eine Nachricht mich erreicht hätte. Der Mitreisende 3 Reihen vor mir, drehte sich zu mir um und gab weiter, was er gerade von vorne gehört hatte:

Der Tempelberg in Jerusalem wurde soeben für ausländische Touristen gesperrt, nachdem sich da ein unschöner Zwischenfall ereignet hatte.

Vertreter der palästinensischen Organisationen von Fatah und Hamas gerieten in Streit und dieser endete in Gewalt.

Mittendrin befand sich eine koreanische Reisegruppe. Zwei Frauen wurden schwer verletzt und einige Männer kamen mit leichten Blessuren davon.

Letztendlich hatte israelisches Militär oder Polizei eingegriffen und es gab sogar zwei Tote.

Zum Schluss meinte mein Informant:

„Da haben wir ja echt Glück gehabt, dass wir gestern noch dahin konnten.‟

„Unschöner Zwischenfall‟, hatte er das Ganze genannt. Und vom Unglück der koreanischen Touristen oder gar den 2 Toten schien er so gar nicht betroffen.

Ich gab ihm keine Antwort.

Pikiert drehte er sich wieder in Fahrtrichtung.

Der Bus entließ uns in der Neustadt vor einer Synagoge.

Der letzte Event auf dem heutigen Tagesprogramm war die Teilnahme an einem Synagogen-Gottesdienst zu Beginn des Sabbats.

Die Synagoge gehörte zu einer konservativen

Gemeinde, was so viel bedeutete als dass Frauen hier in fast allen Belangen gleichberechtigt am Gottesdienst teilnahmen. Sie fungierten sowohl als Vorleserin als auch als Kantorin. Und dies ganz im Gegensatz zu den orthodoxen oder gar ultra-orthodoxen Gemeinden, in denen Frauen absolut keine Rolle spielten. Teilweise waren sie sogar auf eine Balustrade hinter einem Gitter verbannt.

Der Gottesdienst würde zirka 3 Stunden dauern, aber wir wollten nicht die ganze Zeit daran teilnehmen, da wir sonst viel zu spät zum Abendessen ins Paulushaus zurück sein würden. Selina erklärte uns, das sei kein Problem. Wir würden sehen, dass während des Gottesdienst Menschen kamen und gingen. Dies sei hier so üblich, anders als in christlichen Gottesdiensten.

Anhand eines Gebetbuches, das zweisprachig in Hebräisch und Englisch in den Bänken auslag, hätte ich den Gottesdienst mitverfolgen können. Aber kaum begann eine Vorbeterin - vielleicht war es sogar eine Rabbinerin - mit lauter Stimme die Rezitation der hebräischen Text, schweiften meine Gedanken auch schon ab.

Ich dachte an all das, was wir heute erfahren hatten, auf Daouds Weinberg und im Baby-Hospital in Betlehem.

Mir wurde auf einmal bewusst, wie viel Feindseligkeit, Ungerechtigkeit, Elend und fehlende Menschenwürde hier im Heiligen Land anzutreffen waren.

Und ich dachte:

„Immer, wenn es darauf ankam, schwieg Gott."

Vierzehn Tage hatte er Zeit gehabt, mir durch irgendetwas zu verstehen zu geben, dass er noch da war.

Gerade hier, in seinem Land.

Bei seinem auserwählten Volk.

Gesehen und erlebt hatte ich Kirchen in allen Variationen, heilige Orte, archäologische Sehenswürdigkeiten, Naturphänomene.

Das, was alle diese Orte gemeinsam hatten, war in meinen Augen eine ungeheure Leere.

Gottesleere vielleicht?

Diese Reise führte mir schonungslos Missstände vor Augen.

Und das im Heiligen Land.

Ein einziger wahrer Lichtblick, meine Erscheinung am See. Katharina hatte ein dunkles Kapitel meiner Seele beendet.

Aber das war nur eine Erscheinung. Das war mir schon bewusst. Und nichts Göttliches.

Und doch war da auch etwas Göttliches.

Selina!

Ja, genau.

Sie hatte dunkle Schatten vergehen lassen und mir das Leben genießen wiedergegeben.

Beinahe hätte ich die Begrüßung des Sabbats verpasst. Alle standen in ihren Bänken auf und drehten sich zu Tür, um den Sabbat willkommen zu heißen. Alle verbeugten sich Richtung Tür, während die Vorleserin weiterhin hebräische Texte vorlas.

Selina hatte mich letzte Nacht gefragt, welcher unserer gemeinsamen Augenblicke mir zuhause am stärksten in Erinnerung bleiben würde.

Und ich hatte geantwortet:

„Damals, auf der Fahrt vom See Genesaret nach Caesarea Maritima im Bus, als du meine Hand nahmst und in deinen Schoß legtest. Da habe ich gespürt wie Leben, wie Wärme, wie Farbe in mir zurückkehrten. Damals, als ich durch den Stoff deines Sommerkleides die Wärme deiner Schenkel in mich aufnahm.“

Sie hatte nicht geantwortet, mich nur angelächelt, bezaubernd, nein, verzaubernd, mit einem Lächeln nur für mich.

Jetzt hatten sich meine Gedanken wieder ganz

auf Selina konzentriert, obwohl ich eigentlich angefangen hatte, über Gott nachzudenken.

Aber mein Gefühl blieb, Gott würde schweigen immer dann, wenn es darauf ankam.

Sprach denn Gott sonst in weniger heiklen Situationen?

Wer weiß?

Weiter kam ich mit meinen Gedanken nicht.

Während eine Kantonistin einen sehr melodischen Gesang intonierte, erhob sich unsere Gruppe, um so leise wie möglich die Synagoge zu verlassen.

Nach dem Abendessen packte ich den Rest meiner Sachen, duschte und hatte dann gerade noch Zeit, draußen vor dem Paulushaus, eine Zigarette zu genießen.

Heute war unsere letzte Nacht in Israel.

Der letzte Abend unserer Reise.

Die deutsche Reiseleitung hatte darum noch eine Abschlussrunde angesetzt, um Lob, Tadel, Kritik und Begeisterung auszusprechen.

Ich glaube, ich war dann aber der Einzige, der nichts sagte. Einfach deshalb, weil vieles von dem, was mir so durch den Kopf ging, längst schon von anderen mehr oder weniger ausgesprochen worden war.

Und weil ich die ständigen Wiederholungen hasste.

Vielleicht fühlte ich mich auch einfach zu geschafft.

Sobald er offizielle Teil überstanden war, verschwand ich mit einem „allseits gute Nacht" auf mein Zimmer.

Da ich bisher keine Zeit gefunden hatte, war ich jetzt ganz begierig darauf, den Abschnitt aus meinem Buch zu lesen, der überschrieben war mit:

„Wir weigern uns Feinde zu sein."

Nach einiger Zeit legte ich das Buch beiseite.

Abgesehen von einer etwas anderen Reihenfolge entsprach das Dargestellte in dieser Ansprache dem, was ich selbst heute erfahren hatte. Dass der Autor in Israel und auch auf Daouds Weinberg gewesen war, hatte ich über Tag ja schon seine Vita entnommen.

Aber als ich jetzt das Buch weglegte und das Licht löschte, stellte ich mir den Innenraum einer festlich geschmückten Kirche vor, mit vielen Kerzen, einer Krippe und Weihrauchduft. Brechend voll war die Kirche an diesem Heiligen Abend. Soeben hatte man in rühriger Stimmung das Lied: „O, du fröhliche, o, du selige…..." gesungen. Dann das Evangelium, bei dem man, weil man es gut genug kannte, nur mit einem Ohr hinhörte. Fast jeder erwartete nun eine der Festlichkeit angemessene Ansprache. Und dann der Satz gleich zu Beginn:

„Wir weigern uns Feinde zu sein."

Und dann der letzte Satz der Ansprache hatte es in sich:

„Wenn wir den Frieden auf Erden seit 2000 Jahren nicht schaffen, dann sollten wir uns wenigsten weigern, Feinde zu sein."

Gerne hätte ich da Mäuschen gespielt in dieser Kirche, um die Gesichter der Menschen zu beobachten. Ja, das Echo auf diese Ansprache am Weihnachtsabend hätte ich gerne gehört.

Und mit diesen Vorstellungen schlief ich auch schon ein, hinein in meine letzte Nacht in Israel.

14. Rückkehr

Ich wachte in Schweiß gebadet auf.

Ohne mich zu bewegen, blieb ich stocksteif liegen und starrte an die dunkle Decke, die man nur ahnen, aber nicht sehen konnte.

Was war das denn?

Ein Traum natürlich!

Aber was für einer.

Ich sah mich den Feldweg zu Daouds Weinberg hinaufgehen. Dort an dem verschlossenen Tor neben dem Stein mit der Inschrift stand ein Mann. Er glich aufs Haar dem alten Seebär, dem ich vor vielen Jahren auf einer Aussichtsdüne begegnet war. Und er fragte mich, ob ich mich noch an ihn erinnern würde.

Ich blieb stumm so sehr lähmte mich die Erkenntnis, dass dies wieder Gott sein könnte.

Und er war es.

Das ergab sich schon aus seinem nächsten Satz:

„Mein Name ist Johann Heinrich Wilhelm Hansen, abgekürzt JHWH, wie du vielleicht noch weißt."

Auch jetzt blieb ich stumm.

Und so sprach er weiter:

„Da liest du jetzt schon 2 Wochen lang Geschichten, die mit dem Reich Gottes zu tun haben und hast immer noch nicht kapiert."

Ich erschrak jetzt heftig, weil ich befürchtete, da müsse jetzt noch irgendetwas sehr Unangenehmes auf mich zu kommen.

„Du denkst hier in Israel, wie übrigens an manchen Orten in der Welt draußen ebenso, passiert eine Menge Mist und ich halte mich fein daraus, oder?"

Sein entwaffnendes Lächeln machte mir Mut zu nicken.

„Du übersiehst dabei aber, dass überall, auch hier in Israel eine Menge Gutes geschieht. Vielleicht erst in einem ganz kleinen Umfang, aber denk einmal an das Gleichnis vom Senfkorn oder an das Sprichwort: Eile mit Weile!"

Er machte eine bedeutungsschwere Pause, bevor er mich wieder ins Visier nahm:

„Und das, was an Gutem geschieht, passiert durch Menschen.

Durch wen auch sonst.

Und sie tun es aus der Überzeugung, das ich mit ihnen bin.

Da die Menschen ja mein Ebenbild sind, ist es

niemand anders der Gutes tut, als ich selbst."

Er blickte mich fragend an:

„Hast du das jetzt einigermaßen verstanden?"

Ich nickte nur und wachte davon auf.

Als ich jetzt aufstand, fror ich erbärmlich.

Wärmer wurde es mir erst, nachdem ich meinen durchgeschwitzten Schlafanzug gegen etwas Trockenes aus meinem Koffer getauscht hatte. Jetzt wich von einen auf den anderen Moment die Kälte einer Hitzewelle und ich eilte ins Bad, um mein Gesicht mit kaltem Wasser zu kühlen.

Zurück im Bett sagte mir ein Blick auf die Uhr, es war erst 5.15 Uhr.

Aber ich konnte nicht mehr schlafen.

Mein Nachdenken über meinen Traum machte mich immer kribbeliger. Schließlich stand ich auf, zog mich an, packte die Reste ein und wartete ungeduldig auf das Anbrechen des letzten Tages in Israel.

Ich war bereit, der Koffer war gepackt und die Uhr zeigte mir, es war immer noch viel zu früh.

Was sollte der Traum, überlegte ich. Wollte Gott nur nicht schweigen, wie ich ihm unterstellt hatte? Musste ich meinen Blickwinkel ändern?

Ich war total verwirrt.

Nach einer halben Ewigkeit, in der ich zu nichts fähig war, als nur da zu sitzen und zu grübeln, sprang die Digitalanzeige meiner Uhr endlich auf 7.00 Uhr.

Auf der Dachterrasse im 3. Stock traf sich die Reisegruppe, um im Morgenlicht mit Blick auf die Dächer der Altstadt von Jerusalem, der unscheinbaren Kuppel der Grabeskirche und dem leuchtenden Gold des Felsendoms ein Morgenlob zu halten.

Danach ging es zum Frühstück.

Und dabei merkte ich jetzt deutlich die allgemeine Aufbruchstimmung und die Freude aller Teilnehmer auf zuhause.

Aber wir hatten heute Morgen ja noch Programm.

Zunächst stellten wir unsere Koffer in einem dafür gedachten Raum in Parterre ab. Anschließend bezahlte jeder seine Getränke.

Nachdem ich meine Rechnung beglichen hatte, blieben mir noch ganze 7 Schekel, also zirka 1 Euro, für den Tag.

Gegen 8.30 Uhr trafen wir Selina am Zions-Tor.

Sie trug heute ihr offizielles Outfit. Ein dunkelblaues Kostüm und ein blaugelbes Halstuch dazu. An ihrem Revers heftete das Schildchen mit dem ebenfalls blaugelben Logo des örtlichen Reiseveranstalters und darunter stand ihr Name.

Nach der Begrüßung folgten wir ihr zur Besichtigung des Abendmahlsaales und der Dormito-Kirche.

Wieder waren wir alle aufmerksame Zuhörer, während Selina mit ihrer weitreichenden Sachkenntnis erzählte. Ob es nun die Entdeckungsgeschichte oder die Wirkungsgeschichte dieser Orte betraf, es sprudelte gekonnt aus ihr heraus, wie wir es auch schon die letzten 14 Tage von ihr kannten und gewohnt waren.

Sie war einfach eine Klasse für sich.

Und das war sie für mich auch in einer ganz besonderen Weise.

Da wir erst gegen 12.15 Uhr ab Paulushaus mit dem Bus zum Flughafen aufbrachen, blieben nach unserer Besichtigung noch rund 2 Stunden Zeit zur freien Verfügung. Und mit der eindringlichen Mahnung, ja pünktlich zu sein, löste sich die ganze Gruppe in viele kleinere Grüppchen auf.

Dankend nahm ich die Einladung eines Ehepaares an, mit ihnen zusammen noch einmal ins österreichische Hospiz zu gehen und wurde von ihnen sogar zu einem Cappuccino eingeladen. Mit meinen restlichen 7 Schekel hätte ich sonst wohl auf dem Trockenen gesessen.

Wir unterhielten uns ganz zwanglos über unsere vielfältigen Eindrücke auf dieser Reise. Das unterschiedliche Wetter thematisierten wir genauso wie so manchen Ort, der uns wahrscheinlich immer in Erinnerung bleiben würde.

Unsere deutsche Reiseleitung zollte der ganzen Gruppe ihre Anerkennung dafür, dass wir alle pünktlich zur Abfahrt des Busses gekommen war. Überhaupt war Pünktlichkeit zu keiner Zeit Anlass für irgendwelche Klagen während unserer Reise gewesen.

Auf dem Flughafen in Tel Aviv dirigierte uns Selina zwischen zwei ganz bestimmte Absperrbänder, die einen schmalen Korridor bildeten und in einem weiten Bogen zur Pass- und Gepäckkontrolle führten.

Der Zwischenraum zwischen den Bändern war so eng, dass man mit Gepäck nur hintereinander sich in die Schlange einreihen konnte.

Außer unserer „Straße" gab es noch etliche mehr in der ähnliche Schlangen sich vorwärts bewegten.

Zusammen mit dem Ehepaar, mit dem ich Hospiz gewesen war, bildete ich das Ende der

Schlange für unsere Gruppe.

Langsam und zäh bewegten wir uns auf 2 Sicherheitsbeamte zu. Erst kurz vorher bekam ich mit, das dies nur ein Vorab-Check war.

Selina stand mit einem Klemmbrett da, las den Namen des jeweils vor ihr stehenden Reisenden vor und bestätigte, dass er zu ihrer Reisegruppe gehörte. Anschließend überprüften die beiden Sicherheitsleute, die Frau in einer überaus eng sitzenden Uniform, die Pässe und fragten danach jeden, ob das sein Gepäck wäre und ob er oder sie es selbst ohne fremde Hilfe oder Einmischung gepackt hätten.

Danach durfte man weiter zur nächsten Kontrolle, an der das Gepäck durchleuchtet wurde.

Wie ich mit einem Rundblick bemerkte, mussten alle vor uns nach der Durchleuchtung ihrer Gepäckstücke an Tische treten, wo unter den kritischen Blicken weiterer Sicherheitsleute jeder seinen Koffer öffnen, auspacken und wieder einpacken durfte.

Mann, war das ein Aufwand. Diese ganzen Kontrollen beim Abflug, also beim Verlassen des Landes Israel.

Ich war dran.

Ich trat vor Selina und sie las meinen Namen

vor. Ich übergab der Sicherheitsfrau meinen Pass und bejahte die Frage, ob ich ohne Hilfe meinen Koffer gepackt hätte.

Schon wollte ich weitergehen, als Selina auf mich zutrat, mich mit dem Klemmbrett in der Hand umarmte und mir einen Kuss auf den Mund gab.

„Du hast mir gut getan!", flüsterte sie mir noch zu, bevor ich mich total überrumpelt zu dieser Durchleuchtungsmaschinerie schieben ließ.

Ich glaubte, die Sicherheitsfrau lächeln zu sehen.

Noch immer total überrascht und mit heftigem Pulsschlag, verpasste ich das kleine Wunder, zusammen mit dem Ehepaar hinter mir, als einzige der ganzen Gruppe von dem wilden Aus- und Einpacken der Koffer verschont geblieben zu sein.

Ich drehte mich zu Selina um und winkte zum Abschied ihr noch einmal zu. Schnell wandte sie sich danach ab und eilte dem Ausgang zu.

Leibesvisitation!

Ich wurde durchgewunken.

Passkontrolle!

Ein kurzer Blick in den Pass, ein Nicken und ich konnte weiter.

So saß ich mit dem Ehepaar lange Zeit vor den anderen in der großen Abflughalle und wir freuten uns, die ganzen Kontrollen so schadlos überstanden zu haben.

Aus diesem Anlass legten wir unsere restlichen Schekel zusammen und siehe da, es reichte noch genau für 3 Glas Mineralwasser.

Einige Zeit später trafen auch die anderen ein. Und waren total gestresst und ziemlich genervt, ob dieser ganzen Kontrollschikanen, die sie über sich ergehen lassen mussten.

Ich konnte das Gejammer bald nicht mehr hören. Jeder, der zu uns stieß, begann damit von vorne. Und alle wollten von uns wissen, wieso wir dem Ganzen entgangen waren.

Ich entschuldigte mich bei dem Ehepaar, schnappte mir mein Buch und verzog mich in eine ruhigere Ecke.

Endlich begann das Einschecken.

Und wie üblich befand ich mich am Ende der Schlange. Schließlich hatte ich gute Erfahrungen damit gemacht. Und wer weiß, welche Überraschungen noch auf uns warteten.

Das Ehepaar von eben stand diesmal vor mir.

Als die Frau im Gespräch mit einer anderen Mitreisenden abgelenkt war, drehte der Mann sich schnell zu mir herum und fragte:

„Und! Sehen Sie sie wieder?"

Natürlich, er hatte ja Selinas Umarmung und Kuss mitbekommen.

Ich zuckte mit den Schultern: „Inschallah!"

Er nickte nur.

Und dann waren wir schon an Bord.

Dieses Mal erwischte ich den rechten Außensitz in der mittleren Reihe. Neben mir saßen zwei älteren Herrschaften, deren Sprache ich nicht verstand und auch nicht zuordnen konnte. Jenseits des Ganges saßen auch 3 völlig Fremde neben mir.

Das ließ auf einen ruhigen, entspannten Rückflug hoffen.

Kaum hatte ich mich angeschnallt, stöpselte ich die Ohrclips in mein Smartphone und begann meine Musik zu hören.

Die Maschine begann zu rollen und gleich darauf erlebte ich wieder diesen besonderen Kick, wenn das Flugzeug vom Boden abhob und in die Schwebe ging.

Ich lehnte mich zurück.

Shalom Israel!

Wehmütig werde ich an einzelne Orte und Begebenheiten zurückdenken.

Shalom Selina!

In meiner Erinnerung wirst du immer eine lebendige Geliebte bleiben. Du hast mir mehr als gut getan. Besser hätte ich es auch nicht ausdrücken können.

Shalom Katharina!

Meine Erinnerung an dich ist jetzt untrennbar mit einem Felsen im See Genesareth verbunden. Du bist in meiner Erinnerung nicht tot, nein, du lebst mit unserem Kind jetzt in Israel, für mich nicht mehr erreichbar in deiner anderen Welt.

Und morgen werde ich die Grabplatte auf dem Friedhof aufsuchen und in Erinnerung an dem Felsen im See dort einen Stein ablegen.

Shalom!

Diese Israelreise, der Verlauf und die meisten Eindrücke und Begegnungen haben so stattgefunden.

Natürlich sind die Personen reine Fiktion - außer Daoud auf seinem Weinberg - und eventuelle Übereinstimmungen mit lebenden Personen rein zufällig und nicht beabsichtigt.

Das Buch im Buch gibt es nicht, aber es wäre ein guter Gedanke, es vielleicht zu schreiben.

Heinz-Josef van Ool, geb. 1953, lebt in
Mönchengladbach, ist verheiratet und Vater dreier
Söhne.
Seit über 20 Jahren beschäftigt er sich mit der
Bibel, vornehmlich mit dem Alten Testament.
In Studienreisen nach Israel, Jordanien und Syrien
hat er viele Orte der Bibel besucht und auf sich
wirken lassen.
Gedankenspiele mit biblischen Geschichten und
Personen sind für ihn eine ständige Quelle für neue
Gedichte, Texte und Ansprachen.

Weitere Bücher sind:

und geh die Wege deines Herzens
Gedanken und Ansprachen

Herstellung und Verlag: Books on Demand GmbH Norderstedt. ISBN 978-3-7693-1713-8

lass UNS Menschen machen...
Die Weiblichkeit der Samuelbüchern.

Herstellung und Verlag: Books on Demand GmbH Norderstedt. ISBN 978-3-7562-258-4

mit anderen Worten
Gedankenspiele zu biblischen Texten.

Herstellung und Verlag: Books on Demand GmbH Norderstedt. ISBN 978-3-7431-4885-7

mit anderen Worten (II)
Gedankenspiele zu biblischen Texten.
Herstellung und Verlag: Books on Demand
GmbH Norderstedt. ISBN 978-3-7448-1322-8

Eine unmögliche Forderung
Roman über den Propheten Amos.
Herstellung und Verlag: Books on Demand
GmbH Norderstedt. ISBN 978-3-7357-5125-6